Combat de nègre
et de chiens

DU MÊME AUTEUR

LA FUITE À CHEVAL TRÈS LOIN DANS LA VILLE, *roman,* 1984.

QUAI OUEST, *théâtre,* 1985.

DANS LA SOLITUDE DES CHAMPS DE COTON, 1986.

LE CONTE D'HIVER (*traduction de la pièce de* William Shakespeare), 1988.

LA NUIT JUSTE AVANT LES FORÊTS, 1988.

LE RETOUR AU DÉSERT, *théâtre,* 1988.

ROBERTO ZUCCO, *théâtre* (à paraître).

BERNARD-MARIE KOLTÈS

Combat de nègre et de chiens

suivi des

Carnets

LES ÉDITIONS DE MINUIT

ISBN 2-7073-1298-3

Dans un pays d'Afrique de l'Ouest, du Sénégal au Nigeria, un chantier de travaux publics d'une entreprise étrangère.

Personnages :
Horn, soixante ans, chef de chantier.
Alboury, un Noir mystérieusement introduit dans la cité.
Léone, une femme amenée par Horn.
Cal, la trentaine, ingénieur.

Lieux :
La cité, entourée de palissades et de miradors, où vivent les cadres et où est entreposé le matériel :
– un massif de bougainvillées ; une camionnette rangée sous un arbre ;
– une véranda, table et rocking-chair, whisky ;
– la porte entrouverte de l'un des bungalows.
Le chantier : une rivière le traverse, un pont inachevé ; au loin, un lac.

Les appels de la garde : bruits de langue, de gorge, choc de fer sur du fer, de fer sur du bois, petit cris, hoquets, chants brefs, sifflets, qui courent sur les barbelés comme une rigolade ou un message codé, barrière aux bruits de la brousse, autour de la cité. Le pont : deux ouvrages symétriques, blancs et gigantesques, de béton et de câbles, venus de chaque côté du sable rouge et qui ne se joignent pas, dans un grand vide de ciel, au-dessus d'une rivière de boue.

« Il avait appelé l'enfant qui lui était né dans l'exil *Nouofia,* ce qui signifie « conçu dans le désert ».

Alboury : roi de Douiloff (Ouolof) au XIXe siècle, qui s'opposa à la pénétration blanche.

Toubab : appellation commune du Blanc dans certaines régions d'Afrique.

Traductions en langue ouolof par Alioune Badara Fall.

« Le chacal fonce sur une carcasse mal nettoyée, arrache précipitamment quelques bouchées, mange au galop, imprenable et impénitent détrousseur, assassin d'occasion.

Des deux côtés du Cap, c'était la perte certaine, et, au milieu, la montagne de glace, sur laquelle l'aveugle qui s'y heurterait serait condamné.

Pendant le long étouffement de sa victime, dans une jouissance méditative et rituelle, obscurément, la lionne se souvient des possessions de l'amour. »

I

Derrière les bougainvillées, au crépuscule.

HORN. – J'avais bien vu, de loin, quelqu'un, derrière l'arbre.

ALBOURY. – Je suis Alboury, monsieur ; je viens chercher le corps ; sa mère était partie sur le chantier poser des branches sur le corps, monsieur, et rien, elle n'a rien trouvé ; et sa mère tournera toute la nuit dans le village, à pousser des cris, si on ne lui donne pas le corps. Une terrible nuit, monsieur, personne ne pourra dormir à cause des cris de la vieille ; c'est pour cela que je suis là.

HORN. – C'est la police, monsieur, ou le village qui vous envoie ?

ALBOURY. – Je suis Alboury, venu chercher le corps de mon frère, monsieur.

HORN. – Une terrible affaire, oui ; une malheureuse chute, un malheureux camion qui roulait à toute allure ; le conducteur sera puni. Les ouvriers sont imprudents, malgré les consignes strictes qui leur sont données. Demain, vous aurez le corps ; on a dû l'emmener à l'infirmerie, l'arranger un peu, pour une présentation plus correcte à la famille. Faites part de mon regret à la famille. Je vous fais part de mes regrets. Quelle malheureuse histoire !

ALBOURY. — Malheureuse oui, malheureuse non. S'il n'avait pas été ouvrier, monsieur, la famille aurait enterré la calebasse dans la terre et dit : une bouche de moins à nourrir. C'est quand même une bouche de moins à nourrir, puisque le chantier va fermer et que, dans peu de temps, il n'aurait plus été ouvrier, monsieur ; donc ç'aurait été bientôt une bouche de plus à nourrir, donc c'est un malheur pour peu de temps, monsieur.

HORN. — Vous, je ne vous avais jamais vu par ici. Venez boire un whisky, ne restez pas derrière cet arbre, je vous vois à peine. Venez vous asseoir à la table, monsieur. Ici, au chantier, nous entretenons d'excellents rapports avec la police et les autorités locales ; je m'en félicite.

ALBOURY. — Depuis que le chantier a commencé, le village parle beaucoup de vous. Alors j'ai dit : voilà l'occasion de voir le Blanc de près. J'ai encore, monsieur, beaucoup de choses à apprendre et j'ai dit à mon âme : cours jusqu'à mes oreilles et écoute, cours jusqu'à mes yeux et ne perds rien de ce que tu verras.

HORN. – En tous les cas, vous vous exprimez admirablement en français ; en plus de l'anglais et d'autres langues, sans doute ; vous avez tous un don admirable pour les langues, ici. Etes-vous fonctionnaire ? Vous avez la classe d'un fonctionnaire. Et puis, vous savez plus de choses que vous ne le dites. Et puis à la fin, tout cela fait beaucoup de compliments.

ALBOURY. – C'est une chose utile, au début.

HORN. – C'est étrange. D'habitude, le village nous envoie une délégation et les choses s'arrangent vite. D'habitude, les choses se passent plus pompeusement mais rapidement : huit ou dix personnes, huit ou dix frères du mort ; j'ai l'habitude des tractations rapides. Triste histoire pour votre frère ; vous vous appelez tous « frère » ici. La famille veut un dédommagement ; nous le donnerons, bien sûr, à qui de droit, s'ils n'exagèrent pas. Mais vous, pourtant, je suis sûr de ne vous avoir encore jamais vu.

ALBOURY. – Moi, je suis seulement venu pour le corps, monsieur, et je repartirai dès que je l'aurai.

HORN. – Le corps, oui oui oui ! Vous l'aurez demain. Excusez ma nervosité ; j'ai de grands soucis. Ma femme vient d'arriver ; depuis des heures elle range ses paquets, je n'arrive pas à savoir ses impressions. Une femme ici, c'est un grand bouleversement ; je ne suis pas habitué.

ALBOURY. — C'est très bon, une femme, ici.

HORN. — Je me suis marié très récemment ; très très récemment ; enfin, je peux vous le dire, ce n'est même pas tout à fait accompli, je veux dire les formalités. Mais c'est un grand bouleversement quand même, monsieur, de se marier. Je n'ai pas du tout l'habitude de ces choses-là ; cela me cause beaucoup de soucis, et de ne pas la voir sortir de sa chambre me rend nerveux ; elle est là elle est là, et elle range depuis des heures. Buvons un whisky en l'attendant, je vous la présenterai ; nous ferons une petite fête et puis, vous pourrez rester. Mais venez donc à table ; il n'y a presque plus de lumière ici. Vous savez, j'ai la vue un peu faible. Venez donc vous montrer.

ALBOURY. — Impossible, monsieur. Regardez les gardiens, regardez-les, là-haut. Ils surveillent autant dans le camp que dehors, ils me regardent, monsieur. S'ils me voient m'asseoir avec vous, ils se méfieront de moi ; ils disent qu'il faut se méfier d'une chèvre vivante dans le repaire du lion. Ne vous fâchez pas de ce qu'ils disent. Être un lion est nettement plus honorable qu'être une chèvre.

HORN. — Pourtant, ils vous ont laissé entrer. Il faut un laissez-passer, généralement, ou être représentant d'une autorité ; ils savent bien cela.

ALBOURY. — Ils savent qu'on ne peut pas laisser la vieille crier toute la nuit et demain encore ; qu'il faut la calmer ; qu'on ne peut pas laisser le village tenu en éveil, et qu'il faut bien satisfaire la mère en lui redonnant le corps. Ils savent bien, eux, pourquoi je suis venu.

HORN. – Demain, nous vous le ferons porter. En attendant, j'ai une tête prête à éclater, il me faut un whisky. C'est une chose insensée pour un vieux comme moi d'avoir pris une femme, n'est-ce pas, monsieur ?

ALBOURY. – Les femmes ne sont pas des choses insensées. Elles disent d'ailleurs que c'est dans les vieilles marmites qu'on fait la meilleure soupe. Ne vous fâchez pas de ce qu'elles disent. Elles ont leurs mots à elles, mais c'est très honorable pour vous.

HORN. – Même se marier ?

ALBOURY. – Surtout se marier. Il faut les payer leur prix, et bien les attacher ensuite.

HORN. – Comme vous êtes intelligent ! Je crois qu'elle va venir. Venez, venez, causons. Les verres sont déjà là. On ne va pas rester derrière cet arbre, dans l'ombre. Allons, accompagnez-moi.

ALBOURY. – Je ne peux pas, monsieur. Mes yeux ne supportent pas la trop grande lumière ; ils clignotent et se brouillent ; ils manquent de l'habitude de ces lumières fortes que vous mettez, le soir.

HORN. – Venez, venez, vous la verrez.

ALBOURY. – Je la verrai de loin.

HORN. – Ma tête éclate, monsieur. Qu'est-ce

qu'on peut ranger pendant des heures ? Je vais lui demander ses impressions. Savez-vous la surprise ? Que de soucis ! Je tire un feu d'artifice, en fin de soirée ; restez ; c'est une folie qui m'a coûté une fortune. Et puis il faut que nous parlions de cette affaire. Oui, les rapports ont toujours été excellents ; les autorités, je les ai dans la poche. Quand je pense qu'elle est derrière cette porte, là-bas, et que je ne connais pas encore ses impressions. Et si vous êtes un fonctionnaire de la police, c'est encore mieux ; j'aime autant avoir à faire avec eux. L'Afrique doit faire un rude effet à une femme qui n'a jamais quitté Paris. Quant à mon feu d'artifice, il vous coupera le sifflet. Et je vais voir ce qu'on a fait de ce sacré cadavre. (*Il sort.*)

II

HORN (*devant la porte entrouverte*). – Léone, êtes-vous prête ?

LÉONE (*de l'intérieur*). – Je range. (*Horn s'approche.*) Non, je ne range pas. (*Horn s'arrête.*) J'attends que cela ne bouge plus.

HORN. – Quoi ?

LÉONE. – Que cela ne bouge plus. Quand il fera

noir, cela ira mieux ; c'est pareil le soir, à Paris : j'ai mal au cœur pendant une heure, le temps que cela passe du jour à la nuit. D'ailleurs, les bébés aussi crient quand le soleil s'en va. J'ai des cachets à prendre ; il ne faut pas que j'oublie. (*Sortant à demi le visage, elle montre le bougainvillée.*) Comment s'appellent ces fleurs ?

HORN. — Je ne sais pas. (*Elle disparaît à nouveau.*) Venez boire un whisky.

LÉONE. — Un whisky ? oh là là non, interdit. Il ne manquerait plus que cela, vous me verriez alors. Cela m'est totalement interdit.

HORN. — Venez quand même.

LÉONE. — Je fais le compte de ce qui manque ; il me manque des tas de choses et j'ai des tas de choses dont je n'aurai jamais besoin. On m'avait dit : un pull, l'Afrique est froide, la nuit ; froide, ouille ! les bandits. Me voilà avec trois pulls sur les bras. Je me sens toute patraque. J'ai le trac, biquet, un de ces tracs. Comment sont les autres hommes ? Les gens ne m'aiment pas, en général, la première fois.

HORN. — Il n'y en a qu'un, je vous l'ai déjà dit.

LÉONE. — L'avion, c'est une chose qui ne me plaît pas. Finalement, je préfère le téléphone ; on peut toujours raccrocher. Pourtant, je me suis préparée, préparée comme une folle : j'écoutais du reggae toute la sainte journée, les gens de mon immeuble sont devenus cinglés. Savez-vous ce que je viens de découvrir, en ouvrant ma valise ? Les Parisiens sentent fort, je le savais ; leur odeur, je l'avais sentie déjà dans le métro, dans la rue, avec tous ces gens qu'il faut frôler, je la sentais traîner et pourrir dans les coins. Eh bien, je la sens encore, là, dans ma valise ; je ne supporte plus. Quand un pull, une chemise, n'importe quel bout de chiffon a pris l'odeur du poisson ou des frites ou l'odeur d'hôpital, essayez de l'ôter ; et celle-ci est plus tenace encore. Il me faudra le temps d'aérer tout ce linge. Que je suis contente d'être ici. L'Afrique, enfin !

HORN. – Mais vous n'avez encore rien vu, et vous ne voulez même pas sortir de cette chambre.

LÉONE. – Oh j'en ai bien assez vu et j'en vois assez d'ici pour l'adorer. Je ne suis pas une visiteuse, moi. Maintenant je suis prête ; dès que j'aurai fini le compte de ce qui me manque et de ce que j'ai en trop, et aéré le linge, je viens, je vous le promets.

HORN. – Je vous attends, Léone.

LÉONE. – Non ne m'attendez pas, non ne m'attendez pas. (*Les appels de la garde ; Léone apparaît à moitié.*) Et qu'est-ce que c'est, cela ?

HORN. – Ce sont les gardiens. Le soir et toute la nuit, de temps en temps, pour se tenir éveillés, ils s'appellent.

LÉONE. – C'est terrible. (*Elle écoute.*) Ne m'attendez pas. (*Elle rentre.*) Oh biquet, il faut que je vous avoue quelque chose.

HORN. – Quoi ?

LÉONE (*bas*). – Juste avant de venir, hier soir, je me promenais sur le pont Neuf. Et alors voilà quoi ? que je me sens tout d'un coup si bien, oh si heureuse, comme jamais, sans raison. C'est terrible. Quand il m'arrive quelque chose comme cela, eh bien, je sais que cela va mal tourner. Je n'aime pas rêver de choses trop heureuses ou me sentir trop bien ou alors, ça me met dans des états pour toute la sainte journée et j'attends le malheur. J'ai des intuitions, mais elles sont à l'envers. Et elles ne m'ont jamais trompée. Oh je ne suis pas pressée de sortir d'ici, biquet.

HORN. – Vous êtes nerveuse et c'est bien normal.

LÉONE. – Vous me connaissez si peu !

HORN. – Venez, allons venez.

LÉONE. – Etes-vous sûr qu'il n'y a qu'un homme ?

HORN. – J'en suis tout à fait sûr.

LÉONE (*son bras apparaît*). – Vous me laissez mourir de soif. Quand j'aurai bu, je viendrai, je vous le promets.

HORN. – Je vais chercher à boire.

LÉONE. – Mais de l'eau, surtout, de l'eau ! J'ai des cachets à prendre et à prendre avec de l'eau. (*Horn sort ; Léone apparaît, regarde.*) Tout cela m'impressionnne. (*Elle se penche, cueille une fleur de bougainvillée, et entre à nouveau.*)

III

Sous la véranda. Horn entre.

CAL. (*à la table, la tête entre les mains*). – Toubab, pauvre bête, pourquoi es-tu parti ? (*Il pleure.*) Quel mal est-ce que je lui ai fait ? Horn, tu me connais, tu connais mes nerfs. S'il ne revient pas ce soir, je les tuerai tous ; bouffeurs de chiens. Ils me l'ont pris. Je ne peux pas dormir sans lui, Horn. Ils sont en train de me le manger. Je ne l'entends même pas aboyer. Toubab !

HORN. (*disposant le jeu de gamelles*). – Trop de whisky. (*Il met la bouteille de son côté.*)

CAL. – Trop de silence !

HORN. – Je mets cinquante francs.

CAL (*relevant la tête*). – Sur cinq chiffres ?

HORN. – Sur chacun.

CAL. – Je ne suis pas. Dix francs par chiffre, pas un sou de plus.

HORN (*le regardant brusquement*). – Tu t'es rasé et peigné.

CAL. – Tu sais bien que je me rase toujours le soir.

HORN (*regardant les dés*). – C'est pour moi. (*Il ramasse.*)

CAL. – D'ailleurs, je veux jouer avec des pions ;

pour le plaisir, pour le jeu pur. Tu ramasses, tu ramasses, il n'y a plus aucun plaisir ; tu ne trouves du plaisir qu'à ramasser, c'est écœurant ; chacun pour soi et rien pour le plaisir. Une femme, ça va nous apporter un peu d'humanité ici. Tu vas la dégoûter, ça va être vite fait. Moi, je suis pour un jeu désintéressé, pas pour le ramassage. On doit jouer avec des pions. D'ailleurs, les femmes préfèrent jouer avec des pions. Les femmes apportent de l'humanité dans le jeu.

HORN (*bas*). – Il y a là un homme, Cal. Il est du village ou de la police ou pire encore, car je ne l'avais jamais vu. Il ne veut pas dire au nom de qui il vient demander des comptes. Mais des comptes, il va en demander, et tu lui en rendras, à lui. Prépare-toi. Moi, je ne m'en mêle pas ; je n'ai pas la tête à cela ; je ne sais rien ; je ne te couvre pas ; je n'étais pas là. Mon travail est terminé et salut. Cette fois, tu répondras toi-même ; et tu ne supportes même pas une foutue goutte de whisky.

CAL. – Mais je n'y suis pour rien, Horn, je n'ai rien fait, moi, Horn, (*Bas* :) Ce n'est pas le moment de se diviser, on doit rester ensemble, on doit rester unis, Horn. C'est simple : tu fais un rapport pour la police, un rapport à la direction, tu le signes, et hop ; et je me tiens tranquille. Toi, tout le monde te croit ; je n'ai que mon chien, moi, personne ne m'écoute. Il faut rester ensemble contre tous. Je ne parlerai pas à ce nègre ; l'affaire est simple et moi je te dis toute la vérité et à toi de jouer. Tu connais mes nerfs, Horn, tu les connais bien ; il vaut mieux que je ne le voie pas. D'abord, je ne veux voir personne tant que mon chien n'est pas revenu. (*Il pleure.*) Ils vont me le bouffer.

HORN. — Je mets cinquante francs par chiffre, et pas un sou de moins.

CAL (*il pose cinquante francs. Cris des crapauds-buffles, tout près*). — On regardait le ciel, les ouvriers et moi ; le chien avait senti l'odeur de la tempête. Un gars traversait le chantier ; je le vois. A cet instant, un violent orage éclate. Je crie : viens Toubab, viens ! Le chien dresse le museau, dresse ses poils ; il sent l'odeur de la mort ; ça l'excite, pauvre bête. Puis je le vois courir vers le nègre, là-bas, sous les trombes d'eau. Viens, Toubab ! Je l'appelle ; pauvre bête. Alors, au milieu du vacarme, des éclairs déchaînés, je vois un grand trait de foudre. Toubab s'est arrêté ; tous on regarde. Et on voit le nègre tomber, au milieu des bruits de tonnerre ; touché, sous les tonnes de pluie ; il se couche dans la boue. Vers nous vient l'odeur du soufre ; puis, le bruit d'un camion, là-bas, qui fonce, vers nous. (*Horn fait tourner les dés.*) Mon Toubab a disparu, je ne peux pas dormir sans lui, Horn. (*Il pleure.*) Depuis qu'il est tout petit, il dort sur moi ; l'instinct le faisait toujours revenir à moi, il ne pourra pas se débrouiller tout seul, Horn ; pauvre bête. Je ne l'entends pas aboyer ; ils me l'ont bouffé. Moi, la nuit, ça me faisait une boule de poils sur le ventre, sur les jambes, sur les couilles ; ça me faisait dormir, Horn, c'était passé dans le sang, pour moi. Quel mal je lui ai fait ?

HORN (*regardant les dés*). – Douze. (*Cal ramasse.*)

CAL (*avec un clin d'œil*). – Quelle surprise, Horn ! Tu dis : je vais à l'aéroport ; tu reviens, tu me dis : ma femme est là ! Quel coup. Je ne savais même pas que tu t'en étais trouvé une, pour finir. Qu'est-ce qui t'a pris tout d'un coup, vieux ? (*Ils misent.*)

HORN. – Un homme ne doit pas finir sa vie déraciné.

CAL. – Oui, vieux, bien sûr. (*Il ramasse.*) Ce qui compte, c'est que tu l'aies bien choisie.

HORN. – Alors la dernière fois que je suis allé à Paris, j'ai dit : si tu ne la trouves pas maintenant, tu ne la trouveras jamais.

CAL. – Et tu l'as trouvée ! Quel tombeur, vieux ! (*Ils misent.*) Méfie-toi quand même du climat. Ça rend les femmes dingues. C'est scientifique, ça.

HORN. – Pas celle-là. (*Cal ramasse.*)

CAL. – Qu'elle mette de bonnes chaussures, que je pourrai lui en prêter, dis-lui cela, vieux. Les femmes font de l'élégance et ne connaissent rien aux microbes africains, ceux qu'on attrape par les pieds, vieux.

HORN. – Celle-là n'est pas une femme ordinaire, non.

CAL (*avec un clin d'œil*). – Alors, je lui ferai bonne impression. Je trouverai l'occasion de lui baiser la main ; elle verra l'élégance.

HORN. – J'ai dit : vous aimez les feux d'artifice ? Oui, elle a dit ; j'ai dit : moi, j'en fais un chaque année, en Afrique, et celui-là sera le dernier. Vous voulez le voir? Oui elle a dit. Alors, je lui ai donné l'adresse, l'argent pour le billet d'avion : soyez là dans un mois, le temps que le colis de chez Ruggieri puisse arriver. Oui, elle a dit. C'est comme cela que je l'ai trouvée. C'est pour le dernier feu d'artifice ; je voulais une femme qui le voie. (*Il mise.*) Je lui ai dit que le chantier allait fermer et qu'alors je quitterai pour toujours l'Afrique. Elle a dit oui à tout. Elle dit toujours oui.

CAL (*après un temps*). – Pourquoi renoncent-ils au chantier, Horn ?

HORN. – Personne ne le sait. J'ai mis cinquante francs. (*Cal mise.*)

CAL. – Pourquoi tout de suite, Horn ? pourquoi sans explication ? Moi, je veux encore travailler, Horn. Et le travail qu'on a fait ? Une moitié de forêt abattue, vingt-cinq kilomètres de route ? un pont en construction ? et la cité, les puits à creuser ? tout ce temps pour rien ? Pourquoi on ne sait rien, Horn, rien de ce qui se décide ? et pourquoi toi tu ne sais pas ?

HORN (*regardant les dés*). – C'est moi qui prends. (*Silence ; les appels de la garde.*)

CAL (*bas*). – Il grince des dents.

HORN. – Quoi ?

CAL. – Là, derrière l'arbre, le nègre, dis-lui de partir, Horn. (*Silence. Aboiements au loin ; Cal sursaute.*) Toubab ! Je l'entends. Il traîne près de l'égout ; qu'il y tombe, je ne bougerai pas. (*Ils misent.*) Saloperie ; il traîne et quand je l'appelle, il ne répond pas, il fait celui qui réfléchit. C'est lui ? Oui. Réfléchis, vieux cabot ; je n'irai pas te repêcher. Il a dû sentir l'odeur d'une bête inconnue ; qu'il se débrouille ; il ne devrait pas tomber ; et s'il tombe, je bouge pas. (*Ils regardent les dés. Cal ramasse ; bas* :) Le gars, Horn, je peux te le dire, ce n'était même pas un vrai ouvrier ; un simple journalier ; personne ne le connaît, personne n'en parlera. Alors il veut partir ; moi je dis : non, tu ne partiras pas. Quitter le chantier une heure avant ; c'est important, une heure ; si on laisse prendre une heure, il y a l'exemple que cela fait. Comme je te le dis, je dis donc : non. Alors il me crache aux pieds et il part. Il m'a craché aux pieds, et à deux centimètres c'était sur la chaussure. (*Ils misent.*) Donc j'appelle les autres gars, je leur dis : vous le voyez, le gars ? (*Imitant l'accent nègre* :) – Oui patron on le voit – il traverse le chantier sans attendre l'arrêt ? – oui patron oui patron sans attendre l'arrêt – sans casque, les gars, est-ce qu'il a un casque ? – non patron on voit bien il ne porte pas son casque. Moi je dis : souvenez-vous-en : il est bien parti sans que je l'autorise – oui patron oh oui patron sans que tu l'autorises. Alors il est tombé ; le camion arrivait et je demande encore : mais qui conduit le camion ? mais à quelle vitesse il fonce ? il n'a pas vu le nègre ? Et alors, hop ! (*Cal ramasse.*)

HORN. – Tout le monde t'a vu tirer. Imbécile, tu ne supportes même pas ta foutue colère.

CAL. – C'est comme je te le dis : ce n'est pas moi ; c'est une chute.

HORN. – Un coup de feu. Et tout le monde t'a vu monter dans le camion.

CAL. – Le coup de feu c'est l'orage ; et le camion, c'est la pluie qui aveuglait tout.

HORN. – Je n'ai peut-être pas été à l'école, mais toutes les conneries que tu diras, je les connais d'avance. Tu verras ce qu'elles valent ; pour moi, salut, tu es un imbécile et ce n'est pas mon affaire. Je mets cent francs.

CAL. – Je suis.

HORN (*tapant sur la table*). – Pourquoi tu y as touché, bon Dieu ? Celui qui touche à un cadavre tombé à terre est responsable du crime, c'est comme cela dans ce foutu pays. Si personne n'y avait touché, il n'y aurait pas eu de responsable, c'était un crime sans responsable, un crime femelle, un accident. L'affaire était simple. Mais les femmes sont venues pour chercher le corps et elles n'ont rien trouvé, rien. Imbécile. Elles n'ont rien trouvé. (*Il tape sur la table.*) Débrouille-toi (*Il fait tourner les dés.*)

CAL. — Quand je l'ai vu, je me suis dit : celui-là, je ne pourrai pas lui foutre la paix. L'instinct, Horn, les nerfs. Je ne le connaissais pas, moi ; il avait seulement craché à deux centimètres de mes chaussures ; mais l'instinct, c'est comme cela que ça marche : toi, ce n'est pas maintenant que je te foutrai la paix, voilà ce que je me disais en le regardant. Alors je l'ai mis dans le camion, j'ai été jusqu'à la décharge et je l'ai jeté tout en haut : c'est tout ce que tu mérites et voilà ; et puis je suis rentré. Mais j'y suis retourné, Horn ; je ne pouvais pas tenir en place, les nerfs me travaillaient. Je l'ai repris sur la décharge, tout en haut, et remis dans le camion ; je l'amène jusqu'au lac et je le jette dans l'eau. Mais voilà que ça me travaillait, Horn, de le laisser en paix dans l'eau du lac. Alors j'y suis retourné, je me suis mis dans l'eau jusqu'à la taille et je l'ai repêché. Il était dans le camion et je ne savais plus quoi faire, Horn : toi, je ne pourrai pas te foutre la paix, jamais, c'est bien plus fort que moi. Je le regarde, je me dis : il va démolir les nerfs, ce boubou. C'est alors que je trouve. Je me suis dit : les égouts, voilà la solution ; jamais tu n'iras plonger là-dedans pour le repêcher. Et c'est comme ça, Horn : pour lui foutre la paix, malgré moi, une bonne fois, Horn ; enfin, je pourrai me calmer. (*Ils regardent les dés.*) Si j'avais dû l'enterrer, Horn, alors, j'aurais dû le déterrer, je me connais bien ; et s'ils l'avaient emmené au village, je serais allé le chercher. L'égout, c'était le plus simple, Horn, c'était le mieux; D'ailleurs ça m'a calmé, un peu. (*Horn se lève ; Cal ramasse.*) Et sur les nègres, vieux, que les microbes des nègres sont les pires de tous ; dis-lui cela aussi. Les femmes ne sont jamais assez prévenues contre le danger. (*Horn sort.*)

IV

HORN (*rejoignant Alboury sous l'arbre*). — Il n'avait pas son casque, c'est ce que je viens d'apprendre. Je vous parlais de l'imprudence des ouvriers ; j'avais senti juste. Pas de casque : cela nous enlève toute responsabilité.

ALBOURY. — Qu'on me donne le corps sans le casque, monsieur, qu'on me le donne comme il est.

HORN. — Mais voilà ce que je venais vous dire : je vous prie de choisir. Soyez là ou ne soyez pas là, mais ne restez pas dans l'ombre, derrière l'arbre. C'est exaspérant de sentir quelqu'un. Si vous voulez venir à notre table, vous venez, je n'ai pas dit le contraire ; mais si vous ne voulez pas, partez, je vous prie ; je vous recevrai au bureau demain matin et nous examinerons. D'ailleurs, je préférerais que vous partiez. Je n'ai pas dit que je ne veux pas vous servir un verre de whisky ; ce n'est pas ce que j'ai dit. Eh bien quoi ? vous refusez de venir prendre un verre ? vous ne voulez pas venir au bureau demain matin ? Alors ? choisissez, monsieur.

ALBOURY. — J'attends ici pour prendre le corps, c'est tout ce que je veux ; et je dis : quand j'ai le corps de mon frère, je pars.

HORN. — Le corps, le corps ! Il n'avait pas de casque, votre corps ; il y a des témoins ; il a traversé le chantier sans son casque. Ils n'auront pas un sou, dites-leur cela, monsieur.

ALBOURY. — Je leur dirai cela en ramenant le corps : pas de casque, pas un sou.

HORN. — Songez un peu à ma femme, monsieur. Ces bruits, ces ombres, ces cris ; tout est si effrayant ici pour quelqu'un qui débarque. Demain, elle sera habituée, mais ce soir ! Elle vient de débarquer, alors, si en plus de cela, derrière l'arbre, elle voit, elle aperçoit, elle devine quelqu'un ! Vous ne vous rendez pas compte. Elle sera terrifiée. Voulez-vous terrifier ma femme, monsieur ?

ALBOURY. – Non, ce n'est pas cela que je veux ; je veux ramener le corps à sa famille.

HORN. – Dites-leur cela, monsieur : je donnerai cent cinquante dollars à la famille. A vous, je vous en donnerai deux cents, pour vous ; je vous les donnerai demain. C'est beaucoup. Mais c'est probablement le dernier mort que nous aurons sur ce chantier ; et puis quoi ! Voilà. Filez.

ALBOURY. – C'est ce que je leur dirai : cent cinquante dollars ; et je ramènerai le corps avec moi.

HORN. – Dites-leur, oui, dites-le-leur ; c'est ce qui les intéresse. Cent cinquante dollars leur cloueront le bec. Quant au reste, croyez-moi, cela ne les intéresse pas du tout. Le corps, le corps, ha !

ALBOURY. – Il m'intéresse, moi.

HORN. – Filez.

ALBOURY. – Je reste.

HORN. – Je vous ferai sortir.

ALBOURY. – Je ne sortirai pas.

HORN. – Mais vous allez effrayer ma femme, monsieur.

ALBOURY. – Votre femme n'aura pas peur de moi.

HORN. – Si si ; une ombre, quelqu'un ! Et puis finalement, je vais vous faire tirer dessus par les gardiens, voilà ce que je vais faire.

ALBOURY. – Un scorpion qu'on tue revient toujours.

HORN. – Monsieur, monsieur, vous vous emportez ; que dites-vous ? Jusqu'à présent, je m'étais toujours bien entendu... Est-ce que je m'emporte, moi ? Il faut avouer que vous êtes particulièrement difficile ; c'est impossible de négocier, avec vous. Faites un effort de votre côté. Restez, eh bien restez, puisque vous sembler le désirer. (*Bas* :) Je sais bien que les gens du ministère sont furieux. Mais moi, comprenez-vous, je n'ai aucune part dans ces décisions de haut niveau ; un petit chef de chantier ne décide rien ; je n'ai aucune responsabilité. D'ailleurs, il faut qu'ils comprennent : le gouvernement commande, commande, et il ne paie pas ; cela fait maintenant des mois qu'ils ne paient pas. L'entreprise ne peut pas maintenir des chantiers ouverts quand le gouvernement ne paie pas ; est-ce que vous comprenez ? Je sais qu'il y a de quoi ne pas être satisfait : des ponts inachevés, des routes qui ne conduisent nulle part. Mais qu'y puis-je, moi, hein ? L'argent, l'argent, où passe-t-il donc ? Le pays est riche, pourquoi les caisses de l'Etat sont-elles vides ? Je ne dis pas cela pour vous froisser, mais expliquez-moi cela, monsieur.

ALBOURY. – C'est qu'on dit que le palais du gouvernement est devenu un lieu de débauche, là-bas ; qu'on y fait venir du champagne de France et des femmes très chères ; qu'on y boit et qu'on baise, tout le jour et toute la nuit, dans les bureaux des ministères, voilà les caisses vides, c'est ce qu'on m'a dit, monsieur.

HORN. — Qu'on baise, voyez-vous cela ! (*Il rit.*) Il se moque des ministres de son propre pays, voyez-vous cela. Tiens, je vous trouve sympathique. Je n'aime pas les fonctionnaires et vous n'avez finalement pas une gueule de fonctionnaire. (*Bas* :) Alors, s'il est ainsi, comme vous le dites vous-même, quand la jeunesse se mettra-t-elle à bouger ? quand donc se décideront-ils, avec les idées progressistes qu'ils ramènent d'Europe, à remplacer cette pourriture, à prendre tout cela en main, à y mettre de l'ordre ? Est-ce qu'on verra un jour s'achever ces ponts et ces routes ? Eclairez ma lanterne ; donnez-moi des illusions.

ALBOURY. — Mais on dit aussi que d'Europe ce qu'on ramène, c'est une passion mortelle, la voiture, monsieur ; qu'on ne songe plus qu'à cela ; qu'on y joue des nuits et des jours ; qu'on attend d'en mourir ; qu'on a tout oublié ; c'est le retour d'Europe ; c'est ce qu'on ma dit.

HORN. — Les voitures, oui ; des Mercedes, encore ; je les vois bien, tous les jours, conduisant comme des fous ; et cela me désole. (*Il rit.*) Même sur la jeunesse, vous n'avez aucune illusion, vous me plaisez vraiment. Je suis sûr qu'on s'entendra.

ALBOURY. – Moi, j'attends qu'on me rende mon frère ; c'est pour cela que je suis là.

HORN. – Enfin, expliquez-moi. Pourquoi tenez-vous tant à le récupérer ? Rappelez-moi le nom de cet homme ?

ALBOURY. – Nouofia, c'était son nom connu ; et il avait un nom secret.

HORN. – Enfin, son corps, que vous importe son corps ? C'est la première fois que je vois cela ; pourtant, je croyais bien connaître les Africains, cette absence de valeur qu'ils donnent à la vie et à la mort. Je veux bien croire que vous soyez particulièrement sensible ; mais enfin, ce n'est pas l'amour, hein, qui vous rend si têtu ? c'est une affaire d'Européen, l'amour ?

ALBOURY. – Non, ce n'est pas l'amour.

HORN. – Je le savais, je le savais. J'ai souvent remarqué cette insensibilité. Notez qu'elle choque beaucoup d'Européens, d'ailleurs ; moi, je ne condamne pas ; notez aussi que les Asiatiques sont pires encore. Mais bon, pourquoi alors êtes-vous si têtu pour une si petite chose, hein ? Je vous ai dit que je dédommagerai.

ALBOURY. – Souvent, les petites gens veulent une petite chose, très simple ; mais cette petite chose, ils la veulent ; rien ne les détournera de leur idée ; et ils se feraient tuer pour elle ; et même quand on les aurait tués, même morts, ils la voudraient encore.

HORN. – Qui était-il, Alboury, et vous, qui êtes-vous ?

ALBOURY. – Il y a très longtemps, je dis à mon frère : je sens que j'ai froid ; il me dit : c'est qu'il y a un petit nuage entre le soleil et toi ; je lui dis : est-ce possible que ce petit nuage me fasse geler alors que tout autour de moi, les gens transpirent et le soleil les brûle ? Mon frère me dit : moi aussi, je gèle ; nous nous sommes donc réchauffés ensemble. Je dis ensuite à mon frère : quand donc disparaîtra ce nuage, que le soleil puisse nous chauffer nous aussi ? Il m'a dit : il ne disparaîtra pas, c'est un petit nuage qui nous suivra partout, toujours entre le soleil et nous. Et je sentais qu'il nous suivait partout, et qu'au milieu des gens riant tout nus dans la chaleur, mon frère et moi nous gelions et nous nous réchauffions ensemble. Alors mon frère et moi, sous ce petit nuage qui nous privait de chaleur, nous nous sommes habitués l'un à l'autre, à force de nous réchauffer. Si le dos me démangeait, j'avais mon frère pour le gratter ; et je grattais le sien lorsqu'il le démangeait ; l'inquiétude me faisait ronger les ongles de ses mains et, dans son sommeil, il suçait le pouce de ma main. Les femmes que l'on eut s'accrochèrent à nous et se mirent à geler à leur tour ; mais on se réchauffait tant on était serrés sous le petit nuage, on s'habituait les uns aux autres et le frisson qui saisissait un homme se répercutait d'un bord à l'autre du groupe. Les mères vinrent nous rejoindre, et les mères des mères et leurs enfants et nos enfants, une innombrable famille dont même les morts n'étaient jamais arrachés, mais gardés serrés au milieu de nous, à cause du froid sous le nuage. Le petit nuage avait monté, monté vers le soleil, privant de chaleur une famille de plus en plus grande, de plus en plus habituée chacun à chacun, une famille innombrable faite de corps morts, vivants et à venir, indispensables chacun à chacun à mesure que nous voyions reculer les limites des terres encore chaudes sous le soleil. C'est pourquoi je viens réclamer le corps de mon frère que l'on nous a arraché, parce que son absence a brisé cette proximité qui nous permet de nous tenir chaud, parce que, même mort, nous avons besoin de sa chaleur pour nous réchauffer, et il a besoin de la nôtre pour lui garder la sienne.

HORN. – Il est difficile de se comprendre, monsieur. (*Ils se regardent.*) Je crois que, quelque effort que l'on fasse, il sera toujours difficile de cohabiter. (*Silence.*)

ALBOURY. – On m'a dit qu'en Amérique les nègres sortent le matin et les Blancs sortent l'après-midi.

HORN. – On vous a dit cela ?

ALBOURY. – Si c'est vrai, monsieur, c'est une très bonne idée.

HORN. — Vous pensez cela vraiment ?

ALBOURY. — Oui.

HORN. — Non, c'est une très mauvaise idée. Il faut être coopératif, au contraire, monsieur Alboury, il faut forcer les gens à être coopératifs. Voilà mon idée. (*Un temps.*) Tenez, mon bon monsieur Alboury, je vais vous couper le sifflet. J'ai un excellent projet personnel dont je n'ai jamais parlé à personne. Vous êtes le premier. Vous me direz ce que vous en pensez. A propos de ces fameux trois milliards d'êtres humains, dont on fait une montagne : j'ai calculé, moi, qu'en les logeant tous dans des maisons de quarante étages — dont l'architecture resterait à définir, mais quarante étages et pas un de plus, cela ne fait même pas la tour Montparnasse, monsieur —, dans des appartements de surface moyenne, mes calculs sont raisonnables ; que ces maisons constituent une ville, je dis bien : une seule, dont les rues auraient dix mètres de large, ce qui est tout à fait correct. Eh bien, cette ville, monsieur, couvrirait la moitié de la France ; pas un kilomètre carré de plus. Tout le reste serait libre, complètement libre. Vous pourrez vérifier les calculs, je les ai faits et refaits, ils sont absolument exacts. Vous trouvez mon projet stupide ? Il ne resterait plus qu'à choisir l'emplacement de cette ville unique ; et le problème serait réglé. Plus de conflits, plus de pays riche, plus de pays pauvre, tout le monde à la même enseigne, et les réserves pour tout le monde. Vous voyez, Alboury, je suis un peu communiste, moi aussi, à ma manière. (*Un temps.*) La France me semble idéale : c'est un pays tempéré, bien arrosé, sans disproportion dans le climat, la flore, les animaux, les risques de maladie ; idéale, la France. On pourrait bien sûr la construire dans la partie sud, la plus ensoleillée. Pourtant, moi, j'aime les hivers, les bons vieux rudes hivers ; vous ne connaissez pas les bons vieux hivers rudes, monsieur. Le mieux serait donc de la construire, cette ville, en longueur, des Vosges aux Pyrénées, en longeant les Alpes ; les amoureux de l'hiver iraient dans la région de l'ancienne Strasbourg et ceux qui ne supportent pas la neige, les bronchiteux et les frileux, iraient vers les espaces d'où l'on aurait rasé Marseille et Bayonne. Le dernier conflit de cette humanité-là serait un débat théorique entre les charmes de l'hiver alsacien et ceux du printemps de la Côte d'Azur. Quant au reste du monde, monsieur, ce serait la réserve. Libre l'Afrique, monsieur ; on exploiterait ses richesses, son sous-sol, la terre, l'énergie solaire, sans gêner personne. Et l'Afrique à elle seule suffirait à nourrir ma ville pendant des générations, avant qu'on ne soit obligé de mettre le nez en Asie et en Amérique. On profiterait au maximum de la technique, on amène un strict minimum d'ouvriers, par roulements, bien organisé, quelque chose comme un service civique ; et ils nous ramènent le pétrole, l'or, l'uranium, le café, les bananes, tout ce que vous voulez, sans qu'aucun Africain souffre de l'invasion étrangère, puisqu'ils ne seront plus là ! Oui, la France serait belle, ouverte aux peuples du monde, tous les peuples mêlés déambulant dans ses rues ; et l'Afrique serait belle, vide, généreuse, sans souffrance, mamelle du monde ! (*Un temps.*) Mon projet vous fait rire ? Pourtant voilà une idée, monsieur, plus fraternelle que la vôtre. C'est ainsi que moi, monsieur, je veux et je persiste à penser.

Ils se regardent ; le vent se lève.

V

Sous la véranda.

CAL (*apercevant Léone, il crie*). – Horn ! (*Il boit.*)

LÉONE (*sa fleur à la main*). – Comment s'appellent ces fleurs ?

CAL. – Horn !

LÉONE. – Savez-vous où je pourrais trouver à boire ?

CAL. — Horn ! (*Il boit.*) Qu'est-ce qu'il fout ?

LÉONE. — Ne l'appelez pas, ne vous dérangez pas ; je trouverai bien toute seule. (*Elle s'éloigne.*).

CAL (*l'arrêtant*). — C'est avec ces chaussures que vous comptez marcher ici ?

LÉONE. — Mes chaussures ?

CAL. — Asseyez-vous. Eh bien quoi, je vous fais peur ?

LÉONE. — Non. (*Silence ; aboiements du chien, au loin.*)

CAL. — A Paris, on ne sait pas ce que c'est, des chaussures ; à Paris, on ne sait rien et on fait des modes n'importe comment.

LÉONE. — C'est la seule chose que je me suis achetée, et voilà que vous me dites cela. Les bandits, au prix où ils vous font payer ce bout de cuir ! Saint-Laurent, boutique Afrique, pourtant. Cher, ça ! Ouh. Une folie.

CAL. — Il faut qu'elles montent, qu'elles tiennent la cheville. Avec de bonnes chaussures, on tient le coup, c'est le plus important, les chaussures. (*Il boit.*)

LÉONE. — Oui.

CAL. — Si c'est la transpiration qui vous fait peur, eh bien, c'est idiot ; une couche de transpiration, ça sèche, et puis après une autre, une autre, ça fait une carapace, ça protège. Et puis, si c'est l'odeur qui vous fait peur, l'odeur, ça développe l'instinct.

D'ailleurs, quand on connaît l'odeur, on connaît les gens ; en plus, c'est bien pratique, on reconnaît leurs affaires, tout devient plus simple, c'est l'instinct et voilà.

LÉONE. – Oh oui. (*Silence.*)

CAL. – Buvez un verre, pourquoi ne buvez-vous pas ?

LÉONE. – Du whisky ? Oh non, je ne peux pas. Mes cachets. Et puis, je n'ai pas si soif.

CAL. – Ici, il faut boire, soif ou pas soif ; sinon, on se dessèche. (*Il boit ; silence.*)

LÉONE. – Il faudrait que je couse un bouton. Ça, c'est tout à fait moi ; les boutonnières non, c'est trop fort pour moi. Aucune patience, aucune. Je les garde toujours pour la fin et finalement, eh bien voilà : une épingle à sûreté. Les robes les plus chics que je me suis faites, je vous le jure, c'est encore et toujours une épingle à sûreté qui les fermera. Chipie, un jour, tu te piqueras.

CAL. – Moi aussi avant, le whisky, je crachais dessus ; et je buvais du lait, moi, rien que du lait, je peux vous le dire ; des litres, des barriques ; avant de voyager. Mais, depuis que je voyage, tiens : leur saloperie de lait en poudre, leur lait américain, leur lait de soja, il n'y a pas un poil de vache qui entre dans ce lait-là. Alors, bien obligé de se mettre à cette saloperie. (*Il boit.*)

LÉONE. – Oui.

CAL. — Heureusement que cette saloperie-là on la trouve partout ; pour ça, je n'en ai jamais manqué, dans aucun coin du monde. Pourtant j'ai voyagé ; et vous pouvez me croire. Vous avez voyagé ?

LÉONE. — Oh non, c'est la toute première fois.

CAL. — Moi, jeune comme vous me voyez, j'ai voyagé, croyez-moi, croyez-moi. Bangkok j'ai fait ; j'ai fait Ispahan, la mer Noire ; Marrakech, j'ai fait, Tanger, la Réunion, les Caraïbes, Honolulu, Vancouver, moi ; Chicoutimi ; le Brésil, la Colombie, la Patagonie, les Baléares, le Guatémala, moi ; et finalement cette saloperie d'Afrique-là, tiens, Dakar, Abidjan, Lomé, Léopoldville, Johannesburg, Lagos ; pire que tout, l'Afrique, moi je peux vous le dire. Eh bien, partout le whisky ou le lait de soja ; et pas de surprise, non. Je suis jeune, pourtant ; eh bien, je peux vous dire qu'un whisky ressemble à un whisky, un chantier à un chantier, une entreprise française à une autre entreprise française ; tout la même saloperie.

LÉONE. — Oui.

CAL. — Non, cette entreprise-ci, ce n'est pas la pire, qu'on ne me fasse pas dire ce que je ne dis pas, non. Au contraire, peut-être bien que c'est la mieux. Elle sait s'occuper de toi, elle te traite comme il faut, on est bien nourri, bien logé, elle est française, quoi ; tu verras ; ce n'est pas moi que tu entendras parler contre, retiens ça. (*Il boit.*) Ce n'est pas comme ces saloperies d'entreprises italiennes, hollandaises, allemandes, suisses et je ne sais quoi encore, qui emplissent l'Afrique maintenant, que c'en est un vrai foutoir. Non, pas la nôtre ; non, elle est comme il faut. (*Il boit.*) Je ne voudrais pas être Italien ou Suisse, tu peux me croire.

LÉONE. – Oh oui oh non.

CAL. – Bois cela. (*Il lui tend un verre de whisky.*)

LÉONE. – Mais où est-il donc ? (*Silence.*)

CAL (*bas*). – Pourquoi tu es venue ici ?

LÉONE (*sursautant*). – Pourquoi ? Je voulais voir l'Afrique.

CAL. – Voir quoi ? (*Un temps.*) Ce n'est pas l'Afrique, ici. C'est un chantier français de travaux publics, bébé.

LÉONE. – C'est quand même...

CAL. – Non. Horn t'intéresse ?

LÉONE. – On doit se marier, oui.

CAL. – Avec Horn, se marier ?

LÉONE. – Oui, oui, avec lui.

CAL. – Non.

LÉONE. – Mais pourquoi dites-vous toujours... Où est biquet ?

CAL. – Biquet ? (*Il boit.*) Horn ne peut pas se marier, tu le sais, non ? (*Silence.*) Il t'a bien parlé de...

LÉONE. – Oui oui, il m'en a parlé.

CAL. – Il t'en a parlé, alors ?

LÉONE. – Oui, oui, oui.

CAL. – C'est un courageux, Horn. (*Il boit.*) Rester un mois tout seul avec quelques boubous, tout seul ici ; pour garder le matériel, pendant leur saloperie de guerre ; ce n'est pas moi à qui on aurait fait faire cette saloperie. Alors il t'a tout raconté, l'accrochage avec les pillards, sa blessure – une terrible blessure, Horn – et tout ? (*Il boit.*) C'est un flambeur, Horn.

LÉONE. – Oui.

CAL. – Non. A quoi ça l'avance, maintenant ? Qu'est-ce qu'il a en plus, est-ce que tu le sais, toi ?

LÉONE. – Non, je ne le sais pas.

CAL (*avec un clin d'œil*). – Mais ce qu'il a en moins, tu dois le savoir ! (*Il boit.*) Elle sent drôle, cette histoire. (*Il la regarde.*) Qu'est-ce qui l'intéresse, chez toi ? (*Appels des gardiens ; silence.*)

LÉONE. – J'ai trop soif.

Elle se lève, s'éloigne sous les arbres.

VI

Le vent soulève une poussière rouge ; Léone voit quelqu'un sous le bougainvillée.

Dans des chuchotements et des souffles, dans des claquements d'ailes qui la contournent, elle reconnaît son nom, puis elle sent la douleur d'une marque tribale gravée dans ses joues.
L'harmattan, vent de sable, la porte au pied de l'arbre.

LÉONE (*s'approchant d'Alboury*). – Je cherche de l'eau. Wasser, bitte. (*Elle rit.*) Vous comprenez l'allemand ? Moi, c'est la seule langue étrangère que je connais un peu. Vous savez, ma mère était allemande, véritablement allemande, de pure origine ; et mon père alsacien ; alors moi, avec tout cela... (*Elle s'approche de l'arbre.*) Ils doivent me chercher. (*Elle regarde Alboury.*) Il m'avait pourtant dit que... (*Doucement* :) Dich erkenne ich, sicher. (*Elle regarde autour d'elle.*) C'est quand j'ai vu les fleurs que j'ai tout reconnu ; j'ai reconnu ces fleurs dont je ne sais pas le nom ; mais elles pendaient comme cela aux branches dans ma tête, et toutes les couleurs, je les avais déjà dans ma tête. Vous croyez aux vies antérieures, vous ? (*Elle le regarde.*) Pourquoi m'a-t-il dit qu'il n'y avait personne sauf eux ? (*Agitée* :) J'y crois, moi, j'y crois. Des moments si heureux, très heureux, qui me reviennent de si loin ; très doux. Tout cela doit être très vieux. Moi, j'y crois. Je connais un lac au bord duquel j'ai passé une vie, déjà, et cela me revient souvent, dans la tête.

(*Lui montrant une fleur de bougainvillée* :) Cela, on ne le trouve pas ailleurs que dans les pays chauds, n'est-ce pas ? Or je les ai reconnues, venant de très loin, et je cherche le reste, l'eau tiède du lac, les moments heureux. (*Très agitée* :) J'ai déjà été enterrée sous une petite pierre jaune, quelque part, sous des fleurs semblables. (*Elle se penche vers lui.*) Il m'avait dit qu'il n'y avait personne (*Elle rit.*) et il y a vous ! (*Elle s'éloigne.*) Il va pleuvoir, non ? alors, expliquez-moi comment vont faire les insectes, quand il va pleuvoir ? Une goutte d'eau sur leur aile et les voilà fichus. Donc, que vont-ils devenir, sous la pluie ? (*Elle rit.*) Je suis tellement contente que vous ne soyez pas français ni rien comme cela ; ça évitera que vous me preniez pour une conne. D'ailleurs, moi non plus je ne suis pas vraiment française. A moitié allemande, à moitié alsacienne. Tiens, on est faits pour... J'apprendrai votre langue africaine, oui, et quand je la parlerai bien, en réfléchissant bien pour chaque mot que je dirai, je vous dirai... les choses... importantes... qui... je ne sais pas. Je n'ose plus vous regarder ; vous êtes si grave, et moi, la gravité ! (*Elle s'agite.*) Vous sentez le vent ? Quand le vent tourne comme cela c'est le diable qui tourne. Verschwinde, Teufel ; pschttt, va-t'en. Alors, on faisait sonner les cloches de la cathédrale, pour que le diable s'en aille, quand j'étais petite. Il n'y a pas de cathédrale, ici ? C'est drôle, un pays sans cathédrale ; j'aime les cathédrales. Il y a vous, si grave ; j'aime bien la gravité. (*Elle rit.*) Je suis une chipie, pardon. (*Elle cesse de bouger.*) Je préférerais rester ici ; il fait si doux. (*Elle le touche sans le regarder.*) Komm mit mir, Wasser holen. Quelle idiote. Je suis sûre qu'ils sont en train de me chercher ; je n'ai rien à faire là, c'est sûr. (*Elle le lâche.*) Il y a quelqu'un. J'ai entendu... (*Bas* :) Teufel ! Verschwinde, pschttt ! (*A son oreille* :) Je reviendrai. Attendez-moi. (*Alboury disparaît sous les arbres.*) Oder Sie, kommen Sie zurück !

Entre Cal.

VII

CAL (*un doigt sur la bouche*). – Ne parle pas trop fort, bébé ; il ne serait pas content.

LÉONE. – Qui ? Il n'y a que nous, ici.

CAL. – Justement, bébé, justement, il n'y a que nous. (*Il rit.*) C'est un jaloux, Horn. (*Aboiements proches.*) Toubab ? Qu'est-ce qu'il fait là, tout près ? (*Prenant Léone par le bras* :) Il y avait quelqu'un, là ?

LÉONE. – Qui est Toubab ?

CAL. — Mon chien. Il aboie quand il voit un boubou. Tu as vu quelqu'un ?

LÉONE. — Vous l'avez donc dressé ?

CAL. — Dressé ? Je n'ai jamais dressé mon chien. C'est l'instinct et rien besoin d'autre. Mais toi, méfie-toi si tu vois quelque chose ; laisse les bêtes régler leurs comptes entre elles ; cours et viens te réfugier.

LÉONE. — Quoi ? Si je vois quoi ?

CAL. — Un bon coup dans le ventre ou un couteau dans le dos et voilà ce qui t'attend si tu te mets à te poser des questions au lieu de courir. Je te dis : tu vois n'importe quoi, quelque chose que tu n'as pas encore vu ou que je ne t'ai pas montré, tu files vite vite et tu viens te réfugier. (*Prenant Léone dans ses bras* :) Pauvre petit bébé ! Moi aussi, un jour, j'ai débarqué ici, plein d'idées sur l'Afrique ; ce que l'on vient voir, ce que l'on vient entendre ! Dans ma tête je l'aimais, on ne voit rien, on n'entend rien de ce que l'on attendait ; je comprends ta tristesse.

LÉONE. — Je ne suis pas triste. Je cherchais à boire, et c'est tout.

CAL. — Ton nom ?

LÉONE. — Léone.

CAL. — C'est l'argent qui t'intéresse ?

LÉONE. — Quel argent ? Que dites-vous ? (*Cal la lâche, s'approche du camion.*)

CAL. — Cette femme est maligne, dangereuse. (*Il rit.*) Quel travail tu faisais, à Paris ?

LÉONE. — Dans un hôtel. Femme de chambre.

CAL. — Bonniche. On gagne moins ici que ce que tu crois.

LÉONE. — Je ne crois rien.

CAL. — On travaille beaucoup et on ne gagne rien.

LÉONE. — Si, moi, je sais que vous gagnez beaucoup.

CAL. — Et d'où sors-tu ça, petite bonniche ? Est-ce que j'ai l'air de gagner beaucoup ? (*Il montre ses mains.*) Est-ce que j'ai l'air de ne pas travailler, moi ?

LÉONE. — Ce n'est pas parce que vous travaillez que vous n'êtes pas riche.

CAL. — Une vraie richesse ne nous abîmerait pas les mains, voilà la vraie richesse. La richesse supprime tout, tous les efforts, il n'en reste plus un, plus une goutte de sueur, plus le moindre petit mouvement, ceux qu'on n'a pas envie de faire ; plus la plus petite douleur. Voilà la vraie richesse. Mais nous ! Sors-toi ça de la tête. Ils paient, oui, mais pas assez ; pas assez. Les vrais riches ne souffrent plus du tout. (*Regardant Léone* :) Avec cette aventure, pendant la guerre, Horn, avec cet... accident, il a dû gagner beaucoup d'argent, Horn ; il n'en parle jamais, donc, ça doit être énorme. L'argent t'intéresse, hein, bébé ?

LÉONE. – Ne m'appelez pas bébé. Vous avez de ces mots : boubou, bébé, et le nom de votre chien. Ne donnez pas à tout le monde des noms de chien. Ce n'est pas l'argent qui m'a fait suivre biquet, non.

CAL. – Alors, pourquoi ?

LÉONE. – Je l'ai suivi parce qu'il me l'a proposé.

CAL. – N'importe qui t'aurait proposé, alors, tu aurais suivi, hein ? (*Il rit.*) Cette femme a du tempérament.

LÉONE. – N'importe qui ne m'a pas proposé.

CAL. – Et tu aimes les feux d'artifice, hein, bébé ?

LÉONE. – Oui, aussi, il m'a parlé de cela aussi.

CAL. – Tu aimes rêver, hein ? et tu voudrais me faire rêver aussi, hein ? (*Dur* :) Mais moi, je rêve la vérité, je ne rêve pas des mensonges. (*Il la regarde.*) Cette femme est une voleuse. (*Léone sursaute ; Cal l'attire à nouveau dans ses bras.*) Je m'amuse, bébé, ne t'inquiète pas. Nous, on n'a pas vu de femme depuis si longtemps, j'avais envie de m'amuser avec une femme. Je te donne l'impression d'un sauvage, non ?

LÉONE. – Non, oh...

CAL. – Pourtant, sûr qu'on deviendrait des sauvages, si on se laissait choir. Mais ce n'est pas parce qu'on est au fond de ce trou qu'il faut se laisser choir, c'est ce que je me dis. Moi, par exemple, je m'intéresse à un tas de choses, tu verras, et j'aime parler, j'aime m'amuser, j'aime échanger, surtout. Tiens, moi, j'étais un fou de philosophie, tu peux me croire, moi. Mais quoi, ici, qu'est-ce qui se voit de tout cela ? Non, l'Afrique, ce n'est pas ce qu'on croit, bébé. Même les vieux qui sont ici nous empêchent d'apporter des idées nouvelles ; l'entreprise, le travail, ne nous laissent pas le temps. Des idées, pourtant, moi, j'en ai ; j'en avais. Mais de penser, penser, penser toujours seul, on finit par sentir les idées crever dans la tête, une à une ; dès que j'en mets une en marche : flop, comme un ballon : flop ; tu as dû voir, en venant, au bord de la route, les chiens, le ventre gonflé comme des ballons, et les pattes en l'air. Pourtant, ce qui compte, c'est de pouvoir s'échanger avec quelqu'un. Moi, j'ai toujours été curieux ; de musique, de philosophie ; Troyat, Zola, surtout Miller, Henry. Tu pourras venir dans ma chambre et te servir de mes livres, j'ai tout Miller, mes livres sont à toi. Ton nom ?

LÉONE. — Léone.

CAL. — J'étais vraiment déchaîné pour la philosophie, quand j'étais étudiant. Surtout pour Miller, Henry ; de le lire, ça m'a complètement débloqué. J'étais déchaîné, à Paris, moi. Paris, le plus grand carrefour d'idées du monde ! Miller, oui. Quand il fait le rêve où il tue Sheldon d'un coup de pistolet en disant : « Je ne suis pas un Polak ! » Tu connais ?

LÉONE. – Je ne sais pas... Non.

CAL. – Alors, quand on vient ici, il n'est pas question de se laisser choir, non, bébé.

LÉONE. – Léone.

CAL. – Cette femme est sur la réserve avec moi. (*Il rit.*) Il ne faut pas, il faut être absolument direct. Rien ne nous sépare, on est du même âge, on se ressemble ; moi, en tous les cas, je suis absolument direct. Il n'y a pas de raison d'être bloqué.

LÉONE. – Non, il n'y a pas de raison.

CAL. – Et puis nous n'avons pas le choix : on est seuls ; ici, tu ne trouveras personne à qui parler, personne ; ici, c'est un endroit perdu. Surtout maintenant, que c'est la fin : il ne reste plus que moi et lui. Et quant à lui, sa culture... et puis c'est un vieillard, Horn.

LÉONE. – Un vieillard ! Vous avez de ces mots ! J'aime parler avec lui.

CAL. – Oui, peut-être, non ; mais on a besoin d'admirer, à la longue. C'est très important, l'admiration. La femme admire la culture de l'homme. Ton nom ?

LÉONE. – Léone, Léone.

CAL. – Alors ?

LÉONE. – Alors quoi ?

CAL. – Pourquoi Horn ?

LÉONE. – Pourquoi quoi ?

CAL. – Tu pourrais te marier avec un homme à

qui il manque... le principal ? tu pourrais, pour l'argent ? Cette femme est écœurante !

LÉONE. – Lâchez-moi.

CAL. – Allons, bébé ; c'était seulement pour voir ta tête. Moi, finalement, cette histoire, ce n'est pas la mienne. Est-ce que tu pleures ou quoi ? Il ne faut pas le prendre comme ça. Je comprends que tu es triste, bébé. Mais est-ce que je suis triste, moi ? Pourtant, tu peux me croire, moi, j'aurais toutes les raisons du monde pour être triste, et de vraies raisons, moi. (*Doucement* :) Je te prêterai mes chaussures ; il ne manquerait plus que tu attrapes une sale maladie. Ici, on devient presque des sauvages ; je le sais ; c'est que c'est à l'envers du monde, ici. Ce n'est pas une raison pour pleurer. Regarde, moi : j'ai plus de diplômes, plus de qualifications, plus d'études que Horn, et pourtant, je suis en dessous. Tu trouves cela normal ? Tout est renversé, ici. Pourtant, bébé, moi, est-ce que j'en fais une maladie ? est-ce que je pleure, moi ?

LÉONE. – Voilà biquet. (*Elle se relève.*)

CAL. – Ne bouge pas. Un voleur est entré dans la cité. C'est dangereux.

LÉONE. – Vous voyez partout des voleurs.

CAL. – Un boubou. Les gardiens l'ont laissé passer par erreur. Tu as à peine le temps de le voir une seconde et tu es bonne pour : hop dans le ventre ou dans le dos, hop ! Entre dans la camionnette.

LÉONE. – Non. (*Elle le repousse.*)

CAL. – C'était pour te protéger. (*Après un temps*) Tu me juges mal, bébé, je le sais. Mais on n'a pas vu de femme ici, depuis le début du chantier ; alors d'en voir une, de te voir, ça me retourne, voilà. Tu as du mal à comprendre, toi ; tu viens de Paris. Pourtant, ça m'a retourné, de te voir ; j'aurais bien voulu être différent, moi, j'ai senti qu'on pouvait se plaire tout de suite. Mais comme je suis, ce n'est jamais comme je voudrais être. Pourtant, je suis sûr qu'on doit se plaire. J'ai l'instinct, pour les femmes. (*Il lui prend la main.*)

LÉONE. – Je me sens toute rouge, oh !

CAL. – Toi, tu as du tempérament, cela se voit tout de suite. Ça me plaît, le tempérament. On se ressemble, bébé. (*Il rit.*) Cette femme est très attirante.

LÉONE. – Les femmes d'ici doivent être si belles. Oh, que je me sens laide ! (*Elle se lève.*) Biquet est là.

CAL (*la rejoignant*). – Ne sois pas si pudique, petite bonniche. J'ai l'instinct, moi, pour certaines choses.

LÉONE (*le regardant*). – Je nous trouve si laids ! Il est là ; je l'entends ; il est là pour me chercher. (*Cal la tient très fort ; elle finit par s'enfuir.*)

CAL. – Pudique !

LÉONE. – Bandit !

CAL. — Paris, le plus grand bordel du monde !

LÉONE (*de loin*). — Verschwinde, verschwind !

CAL. — Saloperie. (*Après un temps :*) Quand on ne voit pas de femmes pendant si longtemps, après, on attend... comme si ça allait être... l'explosion. Et puis rien, rien du tout. Un soir de plus, perdu. (*Il s'éloigne.*)

VIII

A la table, devant le jeu de gamelle.

HORN. — L'équilibre, voilà le mot. Comme dans l'alimentation : juste mesure de protéines et de vitamines ; juste mesure de graisses et de calories ; équilibrage du bol alimentaire ; organisation des hors-d'œuvre, des plats, et des desserts. C'est ainsi que doit se construire un bon feu d'artifice, dans l'équilibre : organisation des couleurs, sens de l'harmonie, juste mesure dans la succession des explosions, juste mesure dans les hauteurs de lancer. Construire l'équilibre de l'ensemble et l'équilibre de chaque moment, c'est un véritable casse-tête, je te le dis. Mais tu verras, Cal, ce que Ruggieri et moi on fait du ciel, tu verras !

CAL (*s'arrêtant brusquement de jouer*). – Je trouve ce jeu con.

HORN. – Con ? qu'est-ce qu'il a de particulièrement con, ce jeu ?

CAL. – Je le trouve con.

HORN. – Bon Dieu, je ne vois pas ce que tu lui trouves.

CAL. – Justement, il n'y a rien à lui trouver, rien.

HORN. – Et qu'est-ce que tu voudrais de plus, bon Dieu ? On est deux, je ne vois pas à quoi on peut jouer, à deux. Tu ne le trouves peut-être pas assez compliqué pour toi. On peut le compliquer, tu sais, je connais des variantes : on fait une banque, on a seulement le droit de miser sur...

CAL. – Je trouve que c'est encore plus con si c'est plus compliqué, ce jeu.

HORN. – Alors, tu ne joues plus ?

CAL. – Je ne veux plus, non ; je trouve que l'on devient con, à jouer.

HORN (*après un temps*). – Bon Dieu, non, je ne comprends pas.

CAL (*la tête dans les mains*). – Flop !

HORN. – Quoi ?

CAL. – Je dis que chaque fois qu'on joue à ce jeu ça nous enlève une case. (*Il se frappe la tête.*) C'est là que je le sens.

HORN. – Mais qu'est-ce qui te prend ? Partout, ils jouent, dans tous les chantiers ; et je n'ai jamais vu personne, nulle part, s'arrêter en plein milieu en disant : ça m'enlève une case. Quelle case, bon Dieu ? Toi non plus d'ailleurs, depuis des mois que je te vois jouer... Si tu veux, je vais la chercher et on fait une partie de...

CAL. — Non, non, non ; pas de poker, non !

HORN. — Parce que les cartes, non plus...

CAL. — C'est encore plus con, non.

HORN. — Alors tous les gens qui jouent aux cartes sont des cons ? Depuis des siècles qu'on joue aux cartes et dans tous les pays, on est des cons et personne ne s'en est encore rendu compte, sauf toi ? Bon Dieu !

CAL. — Non non non, je ne veux plus jouer à rien.

HORN. — Alors, qu'est-ce qu'on doit faire ?

CAL. — Je ne sais pas. Ne pas être con.

HORN. — Eh bien, d'accord. (*Ils boudent.*)

CAL (*après un temps*). — Et voilà le bruit de l'Afrique. Ce n'est ni le tam-tam, ni le pilage du mil, non. C'est le ventilateur, là, au-dessus de la table ; et le bruit des cartes, ou celui du cornet à dés. (*Après un autre temps, tout bas* :) Amsterdam, Londres, Vienne, Cracovie...

HORN. — Quoi ?

CAL. — Il y a toutes ces villes, au nord, que j'aimerais connaître... (*Après un temps, ils se servent à boire.*) Je mets cinq cents francs sur le dix.

HORN. – Avec une banque ou sans ?

CAL. – Non, non, le plus simple.

HORN. – Je suis. (*Ils font tourner les dés. Horn met de côté la bouteille de whisky.*) C'est que tu bois trop.

CAL. – Trop ? Sûrement pas. Je ne suis jamais saoul, jamais.

HORN. – Mais qu'est-ce qu'elle fout, bon Dieu, où est-elle ?

CAL. – Est-ce que je sais, moi ? (*Il ramasse.*) Au contraire, les gens ivres m'ont toujours dégoûté, moi. D'ailleurs, c'est bien pour cela que je me plais ici. J'ai toujours été écœuré d'être en face de quelqu'un qui est saoul. C'est pour cela que j'aimerais, oui, j'aimerais que pour le prochain chantier... (*Ils misent.*) J'aurais pu tomber sur quelqu'un de bourré tous les soirs comme cela existe dans certains chantiers ; je sais bien que cela existe ; j'aurais pu, oui, j'aurais pu. (*Les dés tournent.*) Pour le prochain chantier, tu pourrais demander de m'avoir avec toi. Tu as assez de poids, vieux ; tu es assez vieux dans la boîte. On t'écoutera, vieux.

HORN. – Il n'y aura pas de prochain chantier, pas pour moi.

CAL. – Mais si, vieux, tu le sais bien ; tu le sais bien, vieux. Tu te vois dans une petite maison, en France, dans le Midi, entre les chialeries d'une femme et un petit jardin, vieux ? Tu ne quitteras jamais l'Afrique. (*Il ramasse.*) Tu as ça dans la peau, toi (*Après un temps* :) Ne crois pas que je veux te flatter ; mais toi, d'abord, tu as le commandement dans la peau ; tu es le genre de chef auquel on s'attache, il faut le reconnaître ; tu es le chef auquel on s'habitue ; c'est ça, le bon chef. Je suis habitué à toi, tu es mon chef naturellement, je ne le remarque même plus, il n'y a rien à redire. Au chantier, quand on me dit : chef ceci chef cela, je dis toujours : pardon, le chef, c'est pas moi, c'est Horn, le chef. Moi, qu'est-ce que je suis ? rien. Je suis : rien, je n'ai pas honte de le dire. En dehors de toi : rien du tout. A toi, rien ne fait peur ; même les flics ne te font pas peur. Moi, au contraire, en dehors de toi, eh bien... j'ai peur, je n'ai pas honte de le dire. Peur, mais vraiment peur ; devant un flic boubou, je cavale ; c'est comme cela ; devant un boubou pas flic, je tire. C'est une question de nerfs, la peur, on n'y peut rien. Même devant une femme je paniquerais, vieux, j'en suis bien capable. Alors moi, j'ai besoin de toi. (*Bas* :) Tout est pourri, ici ; le chantier n'est plus comme avant ; on y entre, on en sort ; alors si on se sépare, nous on sera seuls, en plus de tout. (*Plus bas* :) Est-ce que ce n'est pas une connerie que tu as faite, d'amener une femme ici ? (*Plus bas encore* :) Et le boubou, est-ce qu'il ne serait pas venu parce qu'il savait qu'il y avait une femme ? (*Ils misent.*) On doit rester comme les doigts de la main, voilà mon idée. Rien que de penser me retrouver dans un autre chantier, en face de types bourrés tous les soirs, je te dis que je tire dans le tas, voilà ce que je fais. (*Ils regardent les dés ; Cal ramasse.*)

HORN (*se levant*). – Qu'est-ce qu'elle fout, bon Dieu ?

CAL. – Encore une partie, chef, la dernière partie. (*Souriant.*) Mille francs sur le dix. (*Il pose ; Horn hésite.*) Un flambeur comme toi, vieux ; tu ne vas pas hésiter ? (*Horn mise ; ils font tourner les dés.*) Attends. (*Ils écoutent.*) Il parle.

HORN. – Quoi ?

CAL. – Derrière l'arbre. Il est toujours là et il parle.

Ils écoutent. Chute brusque du vent ; les feuilles bougent et puis s'arrêtent ; bruit mat d'une course, pieds nus sur la pierre, au loin ; chutes de feuilles et de toiles d'araignée ; silence.

IX

Alboury accroupi sous les bougainvillées. Léone entre ; elle s'accroupit face à Alboury, à une certaine distance.

ALBOURY. – Man naa la wax dara ?

LÉONE. — Wer reitet so spät durch Nacht und Wind...

ALBOURY. — Walla niu noppi tè xoolan tè rekk.

LÉONE. — Es ist der Vater mit seinem Kind. (*Elle rit.*) Moi aussi je parle étranger, vous voyez! On va finir par se comprendre, j'en suis sûre.

ALBOURY. — Yow dégguloo sama lakk waandé man dégg naa sa bos.

LÉONE. — Oui, oui, c'est comme cela qu'il faut parler, vous verrez, je finirai par saisir. Et moi, vous me comprenez? si je parle très doucement? Il ne faut pas avoir peur des langues étrangères, au contraire; j'ai toujours pensé que, si on regarde longtemps et soigneusement les gens quand ils parlent, on comprend tout. Il faut du temps et voilà tout. Moi je vous parle étranger et vous aussi, alors, on sera vite sur la même longueur d'onde.

ALBOURY. — Wax ngama dellusil, maa ngi nii.

LÉONE. — Mais lentement, n'est-ce pas? sinon, on n'arrivera à rien.

ALBOURY (*après un temps*). — Dégguloo ay yuxu jigéén?

LÉONE. — Siehst, Vater, du den Erlkönig nicht?

ALBOURY. — Man dé dégg naa ay jooyu jigéén.

LÉONE. — ... Den Erlenkönig mit Kron und Schweif?

ALBOURY. — Yu ngelaw li di andi fii.

LÉONE. — ... Mein Sohn, es ist ein Nebelstreif.

Cela vient, n'est-ce pas ? vous voyez. Oh, bien sûr, la grammaire met plus de temps, il faut avoir passé beaucoup de temps ensemble pour que ce soit parfait ; mais même avec des fautes... Ce qui compte, c'est un minimum de vocabulaire ; même pas : c'est le ton qui compte. D'ailleurs même pas, il suffit de se regarder tout court, sans parler. (*Temps ; ils se regardent ; aboiement de chien, très loin ; elle rit.*) Non, je ne peux pas me taire, on se taira quand on se comprendra. Mais voilà, moi, je ne sais pas quoi dire. Pourtant, je suis une terrible bavarde, d'habitude. Mais quand je vous regarde... Vous m'impressionnez ; mais j'aime bien être impressionnée. Alors vous, à vous de dire quelque chose, s'il vous plaît.

ALBOURY. – Yow laay gis waandé si sama bir xalaat, bènbèn jigéén laay gis budi jooy te di teré waa dëkk bi nelaw.

LÉONE. – Encore, encore, mais plus lentement.

ALBOURY. – Jooy yaa ngimay tanxal.

LÉONE (*bas*). – Vous êtes le seul à me regarder, ici, quand vous me parlez.

ALBOURY. – Dégguloo jooyu jigéén jooju ?

LÉONE. – Oui oui, voyez-vous, je me demande bien pourquoi je suis venue. Ils me font tous peur, maintenant. (*Elle lui sourit.*) Sauf vous. Et justement, voilà que dans votre langue à vous, je ne sais encore rien, rien, rien. (*Dans un profond silence, deux gardiens s'interpellent brusquement, brutalement ; puis le silence revient.*) Tant pis, j'aimerais quand même rester avec vous. Je me sens si terriblement étrangère.

ALBOURY. – Lan nga ñäw ut si fii ?

LÉONE. – Je crois que je commence à vous comprendre.

ALBOURY. – Lan nga ñäw def si fii ?

LÉONE. – Oui, oh, je savais bien que cela viendrait !

ALBOURY (*avec un sourire*). Tu as peur ?

LÉONE. – Non.

Tout à coup un tourbillon de sable rouge portant des cris de chien couche les herbes et plie les branches, tandis que monte du sol, comme une pluie à l'envers, une nuée d'éphémères suicidaires et affolés qui voile toute clarté.

X

A la table.

CAL. – Voilà une soirée perdue, une soirée passée à attendre ; tu ne trouves pas, toi, que c'est une drôle de soirée ? une partie qu'on lâche et qu'on reprend, une femme qu'on attend et qui disparaît, et même un feu d'artifice. Pour l'instant, voilà le feu d'artifice que nous offre l'Afrique : cette poussière de bestioles mortes.

HORN (*examinant un insecte*). – C'est étrange : il n'a pas plu, d'habitude elles sortent après la pluie. Je ne comprendrai jamais rien à ce foutu pays.

ALBOURY. – Quel gâchis, c'est ce qui s'appelle du gâchis : cette femme ne s'occupe même pas de toi ; elle doit être en train de pleurer dans un coin, ou va savoir quoi. Moi, cela ne m'étonne pas ; dès que je l'ai vue, j'ai senti, par instinct. Je ne veux pas te fâcher, vieux, au contraire. Ton argent, bien sûr, tu en fais ce que tu veux, il est à toi, bien à toi, tu te paie les plaisirs que tu veux, vieux. Seulement, on ne compte pas sur les femmes pour le plaisir dans la vie ; c'est foutu, les femmes ; il faut compter sur nous, sur nous seuls, et leur dire une bonne fois : qu'on trouve plus de plaisir, nous autres, bien plus de plaisir dans un bon travail bien fait – ce n'est pas toi, vieux, qui diras le contraire ! – que c'est du plaisir solide, qu'aucune femme ne vaudra jamais cela : un pont solide fait de nos mains et de notre tête, une route bien droite et qui résistera à la saison des pluies, oui, c'est là qu'est le plaisir. Les femmes, vieux, elles ne comprendront jamais rien au plaisir des hommes, est-ce que tu dirais le contraire, vieux ? Je sais bien que non.

HORN. — Je ne sais pas, peut-être, peut-être que tu as raison. Je me souviens du premier pont que j'ai construit ; la première nuit, après qu'on a eu posé la dernière poutrelle, fait le tout dernier petit fignolage, tiens, tout juste la veille de l'inauguration ; ce dont je me souviens, c'est que je me suis mis à poil et j'ai voulu coucher toute la nuit à poil, sur le pont. J'aurais pu me casser le cou dix fois tellement, pendant toute la nuit, je me suis promené, et je le touchais partout de partout, sacré pont, je grimpais le long des câbles et parfois, je le voyais en entier, avec la lune, au-dessus de la boue, blanc, je me souviens très bien comme il était blanc.

CAL. — Celui-ci, pourtant, tu le laisses inachevé ; quel gâchis !

HORN. — A cela, moi, je ne peux rien.

CAL. — J'aurais dû écouter ma première idée et travailler dans le pétrole, oui, voilà ce dont je rêvais, moi. Il y a de la noblesse dans le pétrole. Regarde ceux qui y travaillent, la manière dont il nous regardent : ils savent bien, eux, qu'ils sont le dessus du panier. Moi, cela m'a toujours fasciné, le pétrole ; tout ce qui vient du sous-sol m'a d'ailleurs toujours fasciné. Les ponts me dégoûtent, maintenant ; nous, les travaux publics, qu'est-ce qu'on est? des riens, à côté des pétroliers ; on est la misère, on est des moins que rien. Tout notre travail en surface, bêtement, au vu et au su de tout le monde, avec une embauche sans qualification. Quelle sorte d'homme travaille ici ? Des hommes pour tirer, pousser, porter, conduire ; des hommes-bourricots, des hommes-éléphants, des bêtes de somme ; on est tous des bêtes de somme, on est le dépotoir des hommes sans qualification. Tandis que dans le pétrole, ah : six ou sept hommes qualifiés, et regarde, regarde, vieux, la fortune qu'ils voient filer entre leurs mains ! Je suis une bête de somme, moi aussi, voilà ce que je suis devenu. Pourtant, les qualifications, elles sont là, elles sont là ! pourtant j'aurais besoin d'être employé de toutes mes forces, moi. Quand je vois, le soir, là-bas, les torchères du chantier de pétrole, là-bas, je resterais des heures à les regarder.

HORN (*misant*). – Joue.

CAL. – Je n'ai pas le cœur à jouer, vieux, non, je n'y ai pas le cœur. (*Bas* :) Alors, tu vas vraiment me lâcher, Horn, c'est cela, ton idée ? dis-le, dis-le : n'est-ce pas que tu me lâches, vieux ?

HORN. – Quoi ?

CAL. – Fais tirer dessus par les gardiens. On est dans notre droit, merde !

HORN. – Ne t'inquiète pas pour cela. Joue et ne t'inquiète plus.

CAL. – Pourquoi lui as-tu parlé ? Qu'est-ce que vous vous dites ? Pourquoi tu ne le fais pas évacuer, merde !

HORN. – Celui-là n'est pas comme les autres.

CAL. — J'en étais sûr; tu te laisses avoir; je voudrais bien savoir ce que vous vous dites; en tous les cas, tu me lâches, je l'avais compris.

HORN. — Imbécile; tu ne comprends pas qu'à la fin je le baiserai et que voilà tout ?

CAL. — Tu le baiseras ?

HORN. — Je le baiserai.

CAL. — Quand même, je trouve que tu es bizarre, avec ce nègre.

HORN. — Bon Dieu de Dieu, mais qui est le responsable, ici ?

CAL. — Toi, vieux, je ne dis pas le contraire. Mais justement...

HORN. — Qui a la charge de réparer les conneries des autres ? qui a la charge de tout régler, toujours et partout, d'un bout à l'autre de la cité ; du matin jusqu'au soir sur le chantier ? qui doit tout avoir toujours dans la tête, depuis la moindre pièce du moindre camion jusqu'au nombre de bouteilles de whisky en réserve ? qui doit tout planifier, tout juger, tout conduire, de nuit comme de jour ? qui doit être ici flic, maire, directeur, général, père de famille, capitaine de bateau ?

CAL. — Toi, vieux, toi, c'est sûr.

HORN. — Et qui en a marre, définitivement marre ?

CAL. — Toi, vieux.

HORN. — C'est vrai, je n'ai pas de qualifications, moi, mais le patron, c'est encore moi.

CAL. – Je ne veux pas te fâcher; vieux, je voulais seulement te dire, tout à fait en l'air, comme cela, que je te trouvais bizarre, avec ce nègre-là, Horn, à lui parler normalement et bizarrement, et c'est tout. Mais si tu dis que tu vas le niquer, alors, c'est que tu le niqueras.

HORN. – C'est déjà une affaire pratiquement réglée.

CAL (*après un temps*). – Tu es quand même un type bizarre. Laisse-moi donc lui faire sa fête, cela irait plus vite.

HORN. – Tu ne feras rien du tout. Je fais.

CAL. – Tu as des méthodes bizarres.

HORN. – Il n'y a pas qu'à coups de flingue qu'on se défend, dans la vie, bon Dieu. Je sais me servir de ma bouche, moi ; je sais parler et me servir des mots. Peut-être que je n'ai pas été à l'école, mais la politique, moi, je sais m'en servir. Toi, tu ne sais régler les affaires qu'à coups de pétoire et après, tu es bien content que quelqu'un soit là pour te sortir du pétrin et te voir pleurer. C'est donc à tirer qu'on apprend dans vos écoles d'ingénieurs, et vous oubliez d'apprendre à parler ? Bravo ; belle école ! Maintenant faites-en à votre tête ; servez-vous du flingue en veux-tu en voilà ; et puis venez pleurer, venez pleurer. Moi, c'est la dernière fois, après cela, je m'en vais. Après moi, fais tout ce que tu veux.

CAL. – Ne te fâche pas, vieux.

HORN. — Vous êtes des démolisseurs et c'est tout ce que vous avez appris dans vos fameuses écoles. Continuez, messieurs, avec vos sacrées méthodes de foutus démolisseurs. Oui, vous vous faites détester de toute l'Afrique au lieu de vous faire aimer ; eh bien, à la fin du compte, vous n'obtiendrez rien, rien, rien. Vous avez la grande gueule, le flingue dans la poche et le goût du pognon vite et à tout prix, eh bien, messieurs, je vous le dis : à la fin vous n'aurez rien et rien et encore rien. L'Afrique, n'est-ce pas, vous vous en fichez, messieurs ; vous ne pensez qu'à prendre le plus que vous pouvez et ne rien donner, surtout, ne rien donner. Eh bien, à la fin, il ne vous restera rien, rien du tout, et voilà. Et notre Afrique, vous l'aurez complètement démolie, messieurs les salauds, démolie.

CAL. — Mais je ne veux rien démolir du tout, moi, Horn.

HORN. — Tu ne veux pas l'aimer, l'Afrique.

CAL. — Mais si je l'aime, mais si je l'aime. Sinon, je ne serais pas ici ?

HORN. — Joue.

CAL. — Je n'y ai pas le cœur, vieux. Avec le risque, ici même, en plein dans la cité, qu'un boubou te file un coup dans le dos non, cela me fout les nerfs en l'air, vieux. Je crois, moi, qu'il est venu ici pour profiter de cette affaire et fabriquer des émeutes. Voilà ce que je comprends, moi.

HORN. – Tu ne comprends rien du tout. Il veut nous impressionner. C'est de la politique.

CAL. – Ou alors, c'est pour la femme, comme je l'avais dit d'abord.

HORN. – Non, il a autre chose en tête.

CAL. – En tête, quoi en tête, quoi d'autre, dans une tête de boubou ? Toi, tu me lâches, Horn, j'ai compris.

HORN. – Je ne peux pas te lâcher, imbécile.

CAL. – Et tu prouverais que c'est un accident, Horn, tu le prouveras ?

HORN. – Un accident, oui, pourquoi pas ? qui a dit le contraire ?

CAL. – Je le savais. On a tout intérêt à rester unis ; unis, on les niquera. Je comprends, maintenant : tu discutes pour mieux le baiser ; c'est une méthode, je ne dis pas le contraire. Mais fais gaffe quand même, vieux. Avec tes méthodes, tu risques bien de te retrouver avec un pruneau dans le ventre.

HORN. – Il n'est pas armé.

CAL. – Quand même, quand même, quand même, tu devrais te méfier. Ces salauds font tous du karaté et ils sont forts, ces salauds. Tu risques bien de te retrouver allongé avant d'avoir dit un mot.

HORN (*montrant deux bouteilles de whisky*). – J'ai mes armes. On ne résiste pas à ces whiskies-là..

CAL (*regardant les bouteilles*). – De la bière, ce serait bien suffisant.

HORN. – Joue.

CAL (*il mise en soupirant*). – Quel gâchis !

HORN. – Mais pendant que je lui parle, toi, tu retrouves le corps. Ne discute pas, débrouille-toi, mais retrouve le corps. Cherche, il me le faut. Sinon, c'est le village qu'on a sur le dos. Trouve-le avant le jour, ou je te lâche pour de bon.

CAL. – Non, ce n'est pas possible, non. Je ne le retrouverai jamais. Je ne peux pas.

HORN. – Trouves-en un, n'importe lequel.

CAL. – Mais comment, comment veux-tu ?

HORN. – Il ne doit pas être bien loin.

CAL. – Non ! Horn.

HORN (*regardant les dés*). – C'est pour moi.

CAL. – Tes méthodes sont des conneries. (*Il donne un coup de poing dans le jeu.*) Tu es un con, un vrai con.

HORN (*se levant*). – Fais ce que je dis. Ou alors je laisse tomber. (*Il sort.*)

CAL. – Ce salaud me lâche. Je suis fichu.

XI

Sur le chantier, au pied du pont inachevé, près de la rivière, dans une demi-obscurité, Alboury et Léone.

LÉONE. – Vous avez des cheveux super.

ALBOURY. – On dit que nos cheveux sont entortillés et noirs parce que l'ancêtre des nègres, abandonné par Dieu puis par tous les hommes, se retrouva seul avec le diable, abandonné lui aussi de tous, qui alors lui caressa la tête en signe d'amitié, et c'est comme cela que nos cheveux ont brûlé.

LÉONE. – J'adore les histoires avec le diable ; j'adore comme vous les racontez ; vous avez des lèvres super ; d'ailleurs le noir, c'est ma couleur.

ALBOURY. – C'est une bonne couleur pour se cacher.

LÉONE. – Cela, qu'est-ce que c'est ?

ALBOURY. – Le chant des crapauds-buffles : ils appellent la pluie.

LÉONE. – Et cela ?

ALBOURY. – Le cri des éperviers. (*Après un temps* :) Il y a aussi le bruit d'un moteur.

LÉONE. – Je n'entends pas.

ALBOURY. – Je l'entends.

LÉONE. – C'est le bruit de l'eau, c'est le bruit d'autre chose ; avec tous ces bruits, impossible d'être sûr.

ALBOURY (*après un temps*). – Tu as entendu ?

LÉONE. – Non.

ALBOURY. – Un chien.

LÉONE. – Je ne crois pas que j'entends. (*Aboiements d'un chien, au loin.*) C'est un roquet, un chien de rien du tout, cela se reconnaît à la voix ; c'est un cabot, il est très loin ; on ne l'entend plus. (*Aboiements.*)

ALBOURY. — Il me cherche.

LÉONE. — Qu'il vienne. Moi, je les aime, je les caresse, ils n'attaquent pas si on les aime.

ALBOURY. — Ce sont des bêtes mauvaises ; moi, elles me sentent de loin, elles courent après pour me mordre.

LÉONE. — Vous avez peur ?

ALBOURY. — Oui, oui, j'ai peur.

LÉONE. — Pour un roquet de rien qu'on n'entend même plus !

ALBOURY. — Nous, on fait bien peur aux poules ; c'est normal que les chiens nous fassent peur.

LÉONE. — Je veux rester avec vous. Que voulez-vous que j'aille faire avec eux ? J'ai lâché mon travail, j'ai tout lâché ; j'ai quitté Paris, ouyouyouille, j'ai tout quitté. Je cherchais justement quelqu'un à qui être fidèle. J'ai trouvé. Maintenant, je ne peux plus bouger. (*Elle ferme les yeux.*) Je crois que j'ai un diable dans le cœur, Alboury ; comment je l'ai attrapé, je n'en sais rien, mais il est là, je le sens. Il me caresse l'intérieur, et je suis déjà toute brûlée, toute noircie en dedans.

ALBOURY. — Les femmes parlent si vite ; je n'arrive pas à suivre.

LÉONE. — Vite, vous appelez cela vite ? quand

cela fait au moins une heure que je ne pense qu'à cela, une heure pour y penser et je ne pourrais pas dire que c'est du sérieux, du bien réfléchi, du définitif ? Dites-moi ce que vous avez pensé lorsque vous m'avez vue.

ALBOURY. — J'ai pensé : c'est une pièce qu'on a laissée tomber dans le sable ; pour l'instant, elle ne brille pour personne ; je peux la ramasser et la garder jusqu'à ce qu'on la réclame.

LÉONE. — Gardez-la, personne ne la réclamera.

ALBOURY. — Le vieil homme m'a dit que tu étais à lui.

LÉONE. — Biquet, c'est donc biquet qui vous gêne ? mon Dieu ! il ne ferait pas de mal à une mouche, pauvre biquet. Que croyez-vous que je suis, pour lui ? Une petite compagnie, un petit caprice, parce qu'il a de l'argent et qu'il ne sait qu'en faire. Et moi qui n'en ai pas, n'est-ce pas une chance terrible de l'avoir rencontré ? ne suis-je pas une chipie d'avoir autant de chance ? Ma mère, si elle savait, oh, elle ferait les gros yeux, elle m'aurait dit : coquine, cette chance-là n'arrive jamais qu'aux actrices ou aux prostituées ; pourtant, je ne suis ni l'une ni l'autre et cela m'est arrivé. Et quand il m'a proposé de le rejoindre en Afrique, oui j'ai dit oui, je suis prête. Du bist der Teufel selbst, Schelmin ! Biquet est si vieux, si gentil ; il ne demande rien, vous savez. C'est pour cela que j'aime les vieux et, d'habitude, ils m'aiment. Souvent, ils me sourient, dans la rue, je suis bien, avec eux, je me sens proche d'eux, je sens leurs vibrations ; sentez-vous les vibrations des vieux, Alboury ? Parfois, moi-même, j'ai hâte d'être vieille et gentille ; on discuterait des heures, sans plus rien attendre de personne, sans rien demander, sans avoir peur de rien, sans dire du mal de personne, loin de la cruauté et du malheur, Alboury, oh pourquoi les hommes sont-ils si durs ? (*Craquement de branche, léger.*) Comme tout est calme, comme tous est doux ! (*Craquements de branches, appels indistincts au loin.*) Ici, nous sommes si bien.

ALBOURY. – Toi, oui ; mais moi, non. Ici, c'est un endroit de Blancs.

LÉONE. – Encore un peu, alors, une minute, encore. J'ai mal aux pieds. Ces chaussures sont terribles ; elles vous scient la cheville et les orteils. Est-ce que ce n'est pas du sang, cela ? Regardez : une véritable petite cochonnerie, trois petits morceaux de cuir mal fichus juste pour vous déchirer les pieds et, pour cette cochonnerie, on vous arrache les yeux de la tête ; ouh. Oh, avec cela, je ne me sens pas le courage de faire des kilomètres.

ALBOURY. – Je t'aurai gardée aussi longtemps que je l'aurai pu. (*Bruit de la camionnette, proche.*)

LÉONE. – Il approche.

ALBOURY. – C'est le Blanc.

LÉONE. – Il ne vous fera rien.
ALBOURY. – Il va me tuer.
LÉONE. – Non !

Ils se dissimulent ; on entend la camionnette qui s'arrête, la lumière des phares éclaire le sol.

XII

Cal, un fusil à la main, couvert de boue noirâtre.

HORN (*surgissant de l'obscurité*). – Cal !
CAL. – Patron ? (*Il rit, court vers lui.*) Ah, patron, que je suis content de te voir.
HORN (*faisant une grimace*). – D'où tu sors ?
CAL. – De la merde, patron.
HORN. – Bon Dieu, ne m'approche pas, tu vas me faire dégueuler.
CAL. – C'est toi, patron, qui m'as dit de me débrouiller pour le retrouver.
HORN. – Et alors ? tu l'as trouvé ?
CAL. – Rien, patron, rien. (*Il pleure.*)
HORN. – Et c'est pour rien que tu t'es couvert de merde ! (*Il rit.*) Bon Dieu, l'imbécile !
CAL. – Ne te moque pas de moi, patron. C'était

ton idée et moi, je dois toujours me débrouiller tout seul. C'est ton idée à toi et je vais choper le tétanos à cause de toi.

HORN. — On rentre. Tu es complètement rond.

CAL. — Non, patron, je veux le retrouver, il faut que je le retrouve.

HORN. — Le retrouver ? Trop tard, imbécile. Il vogue maintenant dans va savoir quelle rivière. Et il va pleuvoir. Trop tard. (*Il se dirige vers la camionnette.*) Les banquettes doivent être dans un foutu état. Bon Dieu, ce que ça pue !

CAL (*l'attrapant par le col*). — C'est toi le chef, patron, c'est toi le boss, chef. Tu dois me dire maintenant ce que je dois faire. Accroche-moi bien ! Moi, je ne sais pas nager, je me noie, vieux. Et puis, fais gaffe, con, ne te moque pas de moi.

HORN. — Méfie-toi de tes nerfs ; ne t'excite pas. Cal, allons ; tu sais bien que je ne me moque pas de toi, pas du tout. (*Cal le lâche.*) Qu'est-ce qui t'est donc arrivé ? Il va falloir te désinfecter, maintenant.

CAL. — Regarde comme je transpire, bordel, regarde cela ; ça ne veut pas sécher. Tu n'as pas une bière ? (*Il pleure.*) Tu n'as pas un verre de lait ? je voudrais boire du lait, vieux.

HORN. — Calme-toi ; on rentre à la cité ; tu dois te laver et il va pleuvoir.

CAL. — Alors je peux le descendre, maintenant, hein, je peux le descendre ?

HORN. – Ne parle pas si fort, bon Dieu.

CAL. – Horn!

HORN. – Quoi ?

CAL. – Est-ce que je suis un salaud, vieux ?

HORN. – Qu'est-ce que tu racontes? (*Cal pleure.*) Cal, mon petit!

CAL. – Tout d'un coup, j'ai vu Toubab en face de moi, qui me regardait de ses petits yeux penseurs. Toubab, mon petit chien! je dis : qu'as-tu à rêver, à quoi penses-tu? il grogne, hérisse le poil, longe l'égout doucement. Je le suis. Toubab, mon petit chien, qu'as-tu à réfléchir? as-tu senti quelqu'un? Il hérisse le poil, aboie un petit coup et saute dans l'égout. Je me dis : il a senti quelqu'un. Je le suis. Mais je n'ai rien trouvé, patron; que la merde, patron. Pourtant, je l'avais bien jeté là, mais il a dû filer. Je ne peux pas faire tous les cours d'eau de la région et fouiller le lac pour retrouver ce cadavre, patron. Et maintenant Toubab a filé aussi. Je suis de nouveau seul et je suis plein de merde. Horn!

HORN. – Quoi?

CAL. – Pourquoi je suis puni, vieux, qu'est-ce que j'ai fait de mal?

HORN. – Tu as fait ce que tu devais faire.

CAL. – Alors, je peux le descendre, vieux, c'est ça ce que je dois faire, maintenant?

HORN. – Bon Dieu, ne gueule pas, tu veux donc qu'on t'entende jusqu'au village?

CAL (*armant son fusil*). – Ce coin-là est parfait : personne pour rien voir, personne pour réclamer ou pour venir pleurer. Ici, tu disparais dans les fougères, mon salaud, ici, ta peau ne vaut pas cent balles. Maintenant je me sens regonflé, je me sens chaud, vieux. (*Il se met à flairer.*)

HORN. – Donne-moi ce fusil. (*Il tente de le lui arracher ; Cal résiste.*)

CAL. – Fais gaffe, vieux, gaffe. Au karaté peut-être que je suis pas bon, au couteau peut-être que je suis pas bon, mais au fusil je suis terrible. Terrible terrible. Même au revolver ou à la mitraillette, tu ne vaux pas cent balles devant ça.

HORN. – Tu veux avoir tout le village sur le dos ? Tu veux avoir à t'expliquer avec la police ? Tu veux continuer tes conneries ? (*Bas* :) Est-ce que tu as confiance en moi ? tu as confiance ou tu n'as pas confiance ? Alors, laisse-moi faire. Ne te laisse pas avoir par les nerfs, mon gars. Il faut régler les choses à froid ; et avant qu'il ne fasse jour l'affaire sera réglée, crois-moi. (*Un temps.*) Je n'aime pas le sang, mon gars, pas du tout ; je n'ai jamais pu m'y habituer, jamais ; cela me fout hors de moi. Je lui parlerai encore une fois et, cette fois, je l'aurai, crois-moi. J'ai mes petits moyens secrets à moi. A quoi cela servirait, tout le temps que j'ai passé en Afrique, si ce n'était pas pour les connaître mieux que toi, pour les connaître sur le bout des doigts ;

pour avoir mes moyens à moi contre lesquels ils ne peuvent rien, hein ? A quoi cela servirait, de faire couler d'abord du sang, si les choses peuvent s'arranger toutes seules ?

CAL (*flairant*). – Odeur de femme, odeur de nègre, odeur de fougères qui réclament. Il est là, patron, tu ne sens pas ?

HORN. – Arrête de faire le mariole.

CAL. – Tu n'entends pas, patron ? (*Aboiements, au loin.*) C'est lui ? Oui, c'est lui ; Toubab ! viens petit chien, viens, ne pars plus jamais, viens que je te caresse, ma petite chérie, que je te baise, petite saloperie. (*Il pleure.*) Je l'aime, Horn ; Horn, pourquoi je suis puni, pourquoi je suis un salaud ?

HORN. – Tu n'es pas un salaud !

CAL. – Mais toi tu es un con, un foutu con, patron. Bien sûr que si, que j'en suis un. D'ailleurs, je veux, j'ai décidé d'en être un. Je suis un homme d'action, moi ; toi, tu parles, tu parles, tu ne sais que parler ; et qu'est-ce que tu feras, toi, hein, s'il ne t'écoute pas, hein, si tes petits moyens secrets ne marchent pas, hein ? Ils ne marcheront pas, bordel, et alors heureusement que je suis un salaud, moi, heureusement qu'il y en a, pour l'action. Pour l'action, les foutus cons ne servent à rien. Moi, je flingue un boubou s'il me crache dessus, et j'ai raison, moi, bordel ; et c'est bien grâce à moi qu'ils ne te crachent pas dessus, pas à cause de ce que tu parles, tu parles, et que tu sois un con. Moi, je flingue s'il crache et tu es bien content : parce qu'à deux centimètres c'était sur notre pied, dix centimètres plus haut c'était le pantalon, et un petit peu plus haut on l'avait dans la gueule. Qu'est-ce que tu faisais, alors, toi, si je n'avais rien fait ? tu parlais, toi, tu parlais, avec son crachat en plein milieu de la gueule ? Foutu con. Car ils crachent tout le temps, ici, et toi, qu'est-ce que tu fais ? Tu fais comme si tu ne le voyais pas. Ils ouvrent un œil et crachent, ouvrent un autre œil et crachent, crachent en marchant, en mangeant, en buvant, assis, couchés, debout, accroupis ; entre chaque bouchée, entre chaque gorgée, à chaque minute du jour ; ça finit par couvrir le sable du chantier et des pistes, ça pénètre à l'intérieur, cela fait de la boue et, quand on marche dessus, nos pauvres bottes enfoncent. Or de quoi est composé un crachat ? Qui le sait ? De liquide, sûrement, comme le corps humain, quatre-vingt-dix pour cent. Mais de quoi d'autre encore ? dix autres pour cent de quoi ? Qui pourra me le dire ? toi ? Crachats de boubous sont menace pour nous. Si on réunissait tous les crachats de tous les nègres de toutes les tribus de toute l'Afrique et d'une seule journée, creusant des puits obligés d'y cracher, des canaux, des digues, des écluses, des barrages, des aqueducs ; si on réunissait les ruisseaux de tous les crachats crachés par la race noire sur tout le continent et crachés contre nous, on en arriverait à couvrir les terres émergées de la planète entière d'une mer de menace pour nous ; et il ne resterait plus rien que les mers d'eau salée et les mers de crachats mêlées, les nègres seuls surnageant sur leur propre élément. Cela, moi, je ne laisserai pas faire, moi ; je suis pour l'action, moi, je suis un homme. Quand tu auras fini de parler, vieux, quand tu en auras fini, Horn...

HORN. – Laisse-moi faire en premier. Si je ne parvenais pas à la convaincre...

CAL. – Ah ah, patron.

HORN. – Mais que tu sois calme, d'abord ; que tu arrives à calmer tes nerfs de femme, bon Dieu.

CAL. – Ah ah, patron.

HORN. – Vois-tu, Cal mon petit...

CAL. – Ta gueule. (*Aboiements, au loin ; Cal part comme une flèche.*)

HORN. – Cal ! Reviens, c'est un ordre : reviens !

Bruit du camion qui démarre. Horn reste.

XIII

Craquements de branches. Horn allume sa lampe-torche.

ALBOURY (*dans l'ombre*). – Eteignez !

HORN. – Alboury ? (*Silence.*) Venez. Montrez-vous.

ALBOURY. – Eteignez votre lampe.

HORN (*il rit*). – Comme vous êtes nerveux ! (*Il éteint un instant sa lampe.*) Vous en avez, une voix : à faire peur.

ALBOURY. – Montrez ce que vous cachez derrière le dos.

HORN. – Ah ah, derrière mon dos, hein ? fusil ou revolver ? Devinez le calibre. (*Il sort de derrière son dos deux bouteilles de whisky.*) Ah ah. Voilà ce que je cache. Vous doutez encore de mes intentions ? (*Il rit, rallume la lampe.*) Allons, détendez-vous. Je tenais à vous les faire goûter ; ce sont mes meilleures. Reconnaissez que tous les pas, monsieur Alboury, c'est moi qui les ai faits ; n'oubliez pas cela, quand nous récapitulerons. Vous ne voulez pas venir à moi, alors moi, je viens à vous ; et croyez-moi, c'est par amitié, par amitié pure. Que voulez-vous : vous avez réussi à m'inquiéter ; je veux dire : à m'intéresser. (*Il montre le whisky.*) Voilà qui va vous forcer à vous déboutonner un peu devant moi. J'ai oublié les verres : j'espère que vous n'êtes pas snob ; d'ailleurs, le whisky est bien meilleur à la bouteille, cela évite qu'il ne s'évente ; c'est à cela qu'on reconnaît un buveur ; je veux vous apprendre à boire. (*Bas* :) Vous n'avez pas la conscience tranquille, monsieur Alboury ?

ALBOURY. – Pourquoi ?

HORN. – Je ne sais pas, moi. Vous tournez sans arrêt le regard dans tous les sens.

ALBOURY. – L'autre Blanc est en train de me chercher. Il a un fusil, lui.

HORN. – Je sais je sais je sais ; pourquoi croyez-vous que je suis là ? Avec moi ici, il ne fera rien. Tiens, j'espère que vous ne verrez pas d'inconvénient à boire à la même bouteille que moi ? (*Alboury boit.*) Bravo, vous n'êtes pas snob, en tous les cas. (*Horn boit.*) Laissez-lui le temps de bien descendre ; c'est au bout de quelque temps qu'il livre son secret. (*Ils boivent.*) Ainsi, j'ai appris que vous étiez un as du karaté ; est-ce que vous êtes vraiment un as ?

ALBOURY. – Cela dépend de ce que veut dire : un as.

HORN. – Vous ne voulez rien me dire ! Mais je veux bien apprendre un ou deux coups, un jour que nous aurons le temps. Je préfère quand même vous dire tout de suite que je me méfie des techniques orientales. La bonne vieille boxe ! Est-ce que vous avez déjà fait de la bonne vieille boxe traditionnelle ?

ALBOURY. – Traditionnelle, non.

HORN. – Eh bien, alors, comment comptez-vous vous défendre ? Je vous apprendrai un ou deux coups, un de ces jours. J'étais très bon, j'ai même combattu en professionnel, étant jeune ; et c'est un art qu'on n'oublie jamais. (*Bas* :) Soyez donc calme ; ne vous inquiétez pas ; vous êtes ici chez moi et, pour moi, l'hospitalité, c'est la règle sacrée ; d'ailleurs, vous êtes ici pratiquement en territoire français ; vous n'avez donc rien à craindre. (*Ils passent d'une bouteille à l'autre.*) J'ai hâte de connaître où va votre préférence ; cela en dit long sur le caractère. (*Ils boivent.*) Celui-là est nettement, nettement pointu ; vous sentez comme il est pointu ? Alors que l'autre, c'est très net, il roule ; c'est des sortes de billes, des milliers de billes, métalliques, non ? Comment vous le sentez, vous ? Ah, la pointe de celui-là ne fait aucun doute ; avec, si on prend le temps de les saisir, des arêtes tout du long, qui frottent légèrement dans la bouche, non ? Eh bien ?

ALBOURY. — Je ne sens ni les billes, ni la pointe, ni les arêtes.

HORN. — Ah non ? Pourtant, c'est indiscutable. Essayez encore. Vous avez peut-être peur d'être saoul, peut-être ?

ALBOURY. — Je m'arrêterai avant.

HORN. — Très bien, bien, excellent, bravo.

ALBOURY. — Pourquoi êtes-vous venu ici ?

HORN. — Pour vous voir.

ALBOURY. — Pourquoi, me voir ?

HORN. — Vous regarder, bavarder, perdre mon temps. Par amitié, par amitié pure. Pour des tas d'autres raisons encore. Ma compagnie vous pèse ? Vous m'aviez pourtant dit que vous vous réjouissiez d'apprendre des choses, non ?

ALBOURY. — Je n'ai rien à apprendre de vous.

HORN. — Bravo ; c'est vrai. Je me doutais bien que vous vous moquiez de moi.

ALBOURY. — La seule chose que j'ai apprise de vous, malgré vous, c'est qu'il n'y a pas assez de place dans votre tête et dans toutes vos poches pour ranger tous vos mensonges ; on finit par les voir.

HORN. — Bravo ; mais ceci, par contre, n'est pas vrai. Essayez ; demandez-moi n'importe quoi, pour vous prouver que je ne vous trompe pas.

ALBOURY. — Donnez-moi une arme.

HORN. — Sauf une arme, ah non ; vous devenez tous fous, avec vos pétoires !

ALBOURY. — Il en a une, lui.

HORN. — Tant pis pour lui. Assez de cet imbécile. Il finira en taule et ce sera tant mieux. Qu'on me débarrasse de lui et je serai content. Autant tout vous dire, Alboury : c'est lui, la cause de tous mes ennuis ; débarrassez-moi de lui et je ne bougerai pas. Autant tout me dire aussi, Alboury : quelles sont donc les intentions de vos supérieurs ?

ALBOURY. — Je n'ai pas de supérieur.

HORN. — Mais alors, pourquoi prétendez-vous être de la police secrète ?

ALBOURY. — Doomi xaraam !

HORN. — Oh, vous préférez continuer à jouer à cache-cache ? Comme vous voudrez. (*Alboury crache par terre.*) Ne vous mettez pas en colère pour cela.

ALBOURY. — Comment un homme pourrait se reconnaître dans toutes vos paroles et vos trahisons ?

HORN. — Quand je vous dis, Alboury : faites-en ce que vous voulez je ne le couvre plus, ce n'est pas un mensonge, croyez-moi. Je ne ruse pas, moi.

ALBOURY. — C'est une trahison.

HORN. — Trahison ? Trahir quoi ? De quoi parlez-vous donc ?

ALBOURY. — Votre frère.

HORN. — Ah non, s'il vous plaît, pas de ces mots africains ? Ce que fait cet homme n'est pas mon affaire, sa vie ne me touche pas le moins du monde.

ALBOURY. — Pourtant, vous êtes de la même race, non ? de la même langue, de la même tribu, non ?

HORN. — De la même tribu, si vous voulez, oui.

ALBOURY. — Tous les deux êtes des maîtres, ici, non ? maîtres d'ouvrir et de fermer les chantiers sans être punis pour cela ? maîtres de prendre et de renvoyer les ouvriers ? maîtres d'arrêter et de faire partir les machines ? propriétaires tous les deux des camions et des machines ? des cases de brique et de l'électricité, de tout ici, tous les deux, non ?

HORN. – Oui, si vous voulez, pour vous, en gros, eh bien, oui. Et alors ?

ALBOURY. – Pourquoi alors avez-vous peur du mot frère ?

HORN. – Parce que, Alboury, en vingt ans, le monde a changé. Et ce qui a changé dans le monde, c'est la différence qu'il y a entre lui et moi, entre un fou assassin, déchaîné, avide, et un homme qui est venu ici avec un tout autre esprit.

ALBOURY. – Je ne sais pas ce que c'est que votre esprit.

HORN. – Alboury, j'étais moi-même ouvrier. Croyez-moi, je ne suis pas un maître par nature, vous savez. Lorsque je suis venu ici, je savais ce que c'était d'être un ouvrier ; et c'est pourquoi j'ai toujours traité mes ouvriers, blancs ou noirs, sans distinction, comme l'ouvrier que j'étais a été traité. L'esprit dont je parle, c'est cela : savoir que, si l'on traite l'ouvrier comme une bête, il se vengera comme une bête. Voilà la différence. Maintenant, pour le reste, vous n'allez pas me reprocher à moi le fait que l'ouvrier soit malheureux, ici comme ailleurs ; c'est sa condition, je n'y peux fichtre rien. J'ai été payé pour la connaître. Par hasard, est-ce que vous croyez qu'un seul ouvrier au monde peut dire : je suis heureux ? D'ailleurs, croyez-vous qu'un seul homme au monde dira jamais : je suis heureux ?

ALBOURY. — Qu'importent aux ouvriers les sentiments des maîtres et aux Noirs les sentiments des Blancs ?

HORN. — Vous êtes un coriace, Alboury, je m'en rends bien compte. Je ne suis pas un homme, pour vous ; quoi que je dise, quelque geste que je fasse, quelque idée que j'aie, même si je vous montre mon cœur, vous ne voyez en moi qu'un Blanc et un patron. (*Après un temps* :) Quelle importance, finalement. Cela ne nous empêche pas de boire ensemble. (*Ils boivent.*) C'est étrange. Je vous sens toujours à côté, comme s'il y avait quelqu'un derrière vous ; vous êtes si distrait ! Non, non, ne me dites rien, je ne veux rien savoir. Buvez. Etes-vous déjà saoul ?

ALBOURY. — Non.

HORN. — Très bien, bravo. (*Bas* :) J'ai une faveur à vous demander, Alboury. Ne lui dites rien, ne lui dites pas ce qui vous amène, ne lui parlez pas de morts ou de ces choses dégueulasses, ne cherchez pas à l'endoctriner, ne lui dites rien qui pourrait la faire fuir. J'espère que ce n'est pas déjà fait. Je n'aurais pas dû, peut-être, l'amener ici, je sais bien, mais cela m'a toqué, c'est ainsi. Je sais bien que c'est une folie mais réellement, cela m'a toqué d'un coup et maintenant, non, il ne faut pas lui faire peur. J'ai besoin d'elle ; besoin de la sentir dans les parages. Je la connais très peu, je ne sais pas quels sont ses désirs, je la laisse libre. Il me suffit que je la voie dans les parages et je ne demande rien d'autre. Ne la faites pas fuir. (*Il rit.*) Que voulez-vous, Alboury, je ne veux pas terminer tout seul, comme un vieil imbécile. (*Il boit.*) J'ai vu beaucoup de morts, dans ma vie, beaucoup — et beaucoup leurs yeux, aux morts ; or chaque fois que je vois les yeux d'un mort, je me dis qu'il faut se payer vite vite tout ce qu'on a envie de voir et que l'argent doit être dépensé vite vite à cela. Sinon, que voulez-vous que l'on fasse de son argent ? Je n'ai pas de famille, moi. (*Ils boivent.*) Cela descend bien, n'est-ce pas ? Vous n'avez pas l'air de vous méfier de l'alcool, c'est bien. Vous n'êtes pas encore saoul ? Vous êtes un dur. Montrez ? (*Il lui prend la main gauche.*) Pourquoi vous laissez-vous pousser l'ongle aussi long, et juste celui-là ? (*Il contemple l'ongle du petit doigt.*) C'est une affaire religieuse ? c'est un secret ? Depuis une heure, cet ongle m'inquiète. (*Il le tâte.*) Ce doit être une arme terrible, si l'on sait s'en servir, un sacré petit poignard. (*Plus bas :*) Cela vous sert peut-être en amour ? Ah, mon pauvre Alboury, si vous ne vous méfiez pas non plus des femmes, vous êtes perdu ! (*Il le regarde.*) Mais vous vous taisez, vous gardez tous vos petits secrets ; je suis sûr qu'au fond, et depuis le début, vous vous moquez de moi. (*Il sort brusquement une liasse de billets de sa poche et la tend à Alboury.*) Voilà, mon gars. Je vous l'avais promis. Il y a cinq cents dollars. C'est le plus que je puisse faire.

ALBOURY. – Vous m'aviez promis le corps de Nouafia.

HORN. – Le corps, oui, ce sacré corps. On ne va pas en reparler, non ? Nouofia, c'est cela. Et il avait un nom secret, m'aviez-vous dit ? quel était ce nom, encore ?

ALBOURY. – C'est le même, pour nous tous.

HORN. – Me voilà bien avancé. Quel était-il ?

ALBOURY. – Je vous le dis : le même pour nous tous. Il ne se prononce pas autrement ; il est secret.

HORN. – Vous êtes trop obscur pour moi ; j'aime les choses claires. Prenez, allons. (*Il tend la liasse.*)

ALBOURY. – Ce n'est pas ce que j'attends de vous.

HORN. – N'exagérons pas, monsieur. Un ouvrier est mort, d'accord ; c'est grave, d'accord, je ne veux pas du tout minimiser la chose, pas du tout. Mais c'est une chose qui arrive n'importe où, à tout moment ; croyez-vous qu'en France les ouvriers ne meurent pas ? C'est grave mais c'est normal ; c'est la part du travail ; ça n'aurait pas été lui, ça aurait été un autre. Qu'est-ce que vous croyez ? Le travail ici est dangereux ; tous, on prend des risques ;

d'ailleurs, ils ne sont pas excessifs, on est restés dans les proportions, on n'a pas dépassé la limite. Soyons clairs, n'est-ce pas ? Le travail coûte ce qu'il coûte, que voulez-vous. N'importe quelle société lui sacrifie une part d'elle-même, n'importe quel homme lui sacrifie une part de lui-même. Vous verrez. Croyez-vous que je n'ai rien sacrifié, moi ? C'est dans l'ordre du monde. Cela n'empêche pas le monde de continuer, hein, ce n'est pas vous qui allez empêcher la terre de tourner, hein ? Ne soyez pas naïf, mon bon Alboury. Soyez triste, cela, je peux le comprendre, mais pas naïf. (*Il tend l'argent.*) Voilà, tenez.

Entre Léone.

XIV

Eclairs, de plus en plus fréquents.

HORN. – Léone, je vous cherchais. Il va pleuvoir, et vous ne savez pas ce que pluie veut dire, ici. J'en ai pour un moment et puis nous rentrerons. (*A Alboury, bas* :) Finalement, vous êtes trop compliqué pour moi, Alboury. Vos pensées sont entremêlées, obscures, indéchiffrables, comme votre brousse, comme votre Afrique tout entière. Je me demande pourquoi je l'ai tant aimée ; je me demande pourquoi j'ai tellement voulu vous sauver. C'est à croire que tout le monde, ici, devient insensé.

LÉONE (*à Horn*). — Pourquoi le faites-vous souffrir ? (*Horn la regarde.*) Donnez-lui ce qu'il vous demande.

HORN. — Léone ! (*Il rit.*) Bon Dieu, comme tout cela devient pompeux ! (*A Alboury* :) Sachez donc que le corps de cet ouvrier est introuvable. Il vogue quelque part, cela doit faire un bout de temps qu'il est bouffé par les poissons et les éperviers. Renoncez une bonne fois à le récupérer. (*A Léone.*) Il va pleuvoir, Léone, venez. (*Léone s'approche d'Alboury.*)

ALBOURY. — Donnez-moi une arme.

HORN. — Non, bon Dieu, non. Ce ne sera pas une tuerie, ici. (*Après un temps* :) Soyons raisonnables. Léone, venez. Alboury, prend cet argent et file, avant qu'il ne soit trop tard.

ALBOURY. — Si j'ai pour toujours perdu Nouofia, alors, j'aurai la mort de son meurtrier.

HORN. — La foudre, le tonnerre, mon vieux ; règle tes comptes avec le ciel et fous le camp, fous le camp, file, cette fois ! Léone, ici !

XV

LÉONE (*bas*). – Acceptez, Alboury, acceptez. Il vous propose même de l'argent, gentiment de l'argent, que vous faut-il de plus ? lui est venu pour arranger les choses, c'est certain ; eh bien, il faut arranger les choses puisque c'est possible. A quoi ça sert de vouloir se battre pour quelque chose qui n'a plus aucun sens quand on vient gentiment proposer d'arranger tout, et de l'argent en plus ? C'est l'autre qui est un fou, mais pour cela, on le sait maintenant, on n'a plus qu'à faire bien attention et enfin, à nous trois, on arrivera à l'empêcher d'embêter le monde, c'est sûr, de faire du mal, et alors, tout marchera comme sur des roulettes. Lui, ce n'est pas du tout la même chose ; il est venu pour gentiment parler mais vous, vous dites non, vous serrez les poings, vous restez têtu, ouh ! je n'ai jamais vu si têtu. Et vous croyez comme cela obtenir quelque chose ? Mon Dieu, mais il ne sait pas du tout s'y prendre, celui-là, pas du tout ; alors que moi je saurais bien comment m'y prendre si vous me laissiez faire : sûrement pas en serrant les poings non, surtout pas en prenant des airs de guerre et têtu, ouyouyouille. Car ce n'est pas la guerre que je veux vivre, non, ce n'est pas me battre que je veux, ni trembler tout le temps, ni être malheureuse. Moi, c'est vivre tout court que je veux, tranquillement, dans une petite maison, où vous voudrez, tranquilles. Oh je veux bien être pauvre, cela m'est bien égal, et chercher l'eau très loin et cueillir aux arbres et tout le saint-frusquin ; je veux bien vivre d'absolument rien du tout, mais non pas tuer et me battre et m'entêter à serrer les poings oh non, pourquoi être si durs ? Ou alors je ne vaux pas un mort déjà à moitié bouffé, je ne vaudrais pas cela ! Alboury, est-ce donc parce que j'ai le malheur d'être blanche ? Pourtant, vous ne pouvez pas vous tromper sur moi, Alboury. Je ne suis pas vraiment une Blanche, non. Oh moi, je suis déjà tant habituée à être ce qu'il ne faut pas être, il ne me coûte rien d'être nègre par-dessus tout cela. Si c'est pour cela, Alboury, ma blancheur, j'ai déjà craché dessus depuis longtemps, je l'ai jetée, je n'en veux pas. Alors, si vous aussi vous ne vouliez plus de moi... (*Un temps.*) O noir, couleur de tous mes rêves couleur de mon amour ! Je le jure : lorsque tu rentreras chez toi, j'irai avec toi ; quand je te verrai dire : ma maison, je dirai : ma maison. A tes frères je dirai : frères, à ta mère : mère ! Ton village sera le mien, ta langue sera la mienne, ta terre sera ma terre, et jusque dans ton sommeil, je le jure, jusque dans ta mort, je te suivrai encore.

HORN (*de loin*). – Vous voyez bien qu'il ne veut pas de vous. Il ne vous écoute même pas.

ALBOURY. — Démal falé doomu xac bi ! (*Il crache au visage de Léone.*)

LÉONE (*se tournant vers Horn*). Aidez-moi, aidez-moi.

HORN. — Quoi ? Vous vous conduisez sous mon nez sans la moindre dignité avec ce type et je devrais vous y aider, encore ? Croyez-vous que vous pouvez me traiter comme de la merde et que je ne réagirai pas ? Croyez-vous que je suis juste bon à payer, payer et c'est tout, et qu'on peut me traiter comme de la merde ? Demain, bon Dieu oui, vous rentrez à Paris. (*Se tournant vers Alboury* :) Quant à toi, je pourrais bien te faire abattre comme un vulgaire rôdeur. Tu te crois donc ici chez toi ? tu me prends pour de la merde ? tu nous prends tous pour de la merde ? Tu as bien de la chance que je n'aime pas verser de putain de sang. Mais tu peux quitter tes grands airs, je te le dis, tu peux te mordre les doigts. Tu as cru pouvoir, comme cela, embobiner une femme française, sous mon nez, dans une propriété française, sans que maintenant tu aies à en payer les conséquences ? File. Je te laisse t'arranger avec ceux de ton village, quand ils sauront que tu as tenté d'embobiner une Blanche en nous faisant chanter. Je te laisse te débrouiller pour vider les lieux sans rencontrer l'autre qui n'attend que cela pour te faire la peau. File, disparais, et, si on te revoit dans la cité, tu seras abattu, par la police s'il le faut, comme un vulgaire voleur. Moi, je me lave les mains de ta putain de peau.

Alboury a disparu. La pluie se met à tomber.

XVI

HORN. — Et vous, je vous prie, n'ayez pas votre crise, maintenant ; il ne manquerait plus que cela. Ah non, non non, je ne peux pas sentir les larmes, cela me fout hors de moi ; arrêtez-moi cela, je vous prie, montrez un peu de dignité. Tiens, il me viendra encore une idée comme celle-là, oui, une fameuse idée, l'imbécile ! Arrêtez ; arrêtez, arrêtez s'il vous plaît, un peu de dignité. Tout s'entend, ici, le moindre bruit s'entend à des kilomètres ; on a l'air fin, je vous le jure ; quelle riche image vous donnez de nous, si vous vous voyiez. Chut, allons ; débrouillez-vous pour vous retenir mais chut. Arrêtez-vous de respirer quelque temps, faites ce que vous voulez, buvez un grand coup d'une traite, comme pour le hoquet cela doit marcher aussi, mais arrêtez-moi cela. Tenez, buvez un coup. (*Il lance la bouteille. Léone boit.*) Encore, ne lésinez pas, ça redonnera un peu de dignité car tout cela en manque, oui. Que fait donc Cal et sa putain de camionnette ? Cal ! bon Dieu. S'il vous plaît, vous ! Si vous croyez que le type n'est pas resté dans les parages à nous regarder, ha ! en se frottant les mains de voir cette crise lamentable et indigne, oui. Quelle image vous donnez des Blancs. Quelle fameuse idée j'ai eue, bon Dieu. Léone, je vous supplie, je ne supporte pas les crises. (*Il marche en tous sens.*) Je me sens très mal, cette fois, oui, je vais mal, très mal. (*Il s'arrête brusquement auprès de Léone. Bas et très vite* :) S'il vous plaît, et si... si on partait d'ici, hein ? que je lâche le chantier tout de suite, est-ce que... (*Il lui prend la main.*) Ne me... ne pleurez plus... ne me laissez pas seul. J'ai assez d'argent pour partir sans préavis et alors Cal prendrait la relève et alors dans deux jours on serait en France ou ailleurs, en Suisse ou en Italie, au lac de Bolsena ou au lac de Constance, ou comme vous voudrez. J'ai assez d'argent, largement. Ne pleurez pas, ne pleurez pas, Léone, avec vous je... Dites-moi : d'accord. Ne me laissez pas, je vais trop mal maintenant, Léone, je veux me marier avec vous, c'est ce qu'on voulait, non ? Dites : d'accord !

Léone s'est redressée. Contre une pierre, elle brise la bouteille de whisky et rapidement, sans un cri, en regardant l'ombre où a disparu Alboury, avec un éclat de verre, elle grave sur ses joues, profondément, les marques scarifiées, semblables au signe tribal sur le visage d'Alboury.

HORN. – Cal ! bon Dieu, Cal ! Cela saigne ; cela n'a aucun sens. Cal ! Il y a du sang, partout !

Léone s'évanouit. Horn court en criant, vers la lumière des phares qui approchent

XVII

A la cité, près de la table. Cal nettoie son fusil.

CAL. – Dans la lumière, je ne peux rien. Rien. Les gardes me verraient faire, et alors ils pourraient témoigner. Ils pourraient courir à la police et je ne veux pas avoir à faire avec la police ; ou ils pourraient courir au village et je ne veux pas avoir le village sur le dos. Avec toute cette lumière, je ne peux rien.

HORN. – Les gardes ne feront rien. Ils sont trop contents d'avoir ce travail, ils s'accrochent, crois-moi. Et pourquoi courraient-ils à la police, ou au village pour perdre leur place ? Ils ne bougeront pas, ils ne verront rien, ils n'entendront rien.

CAL. — Ils l'ont déjà laissé entrer une fois, et puis cette fois-ci encore. Là, derrière l'arbre, il est là de nouveau ; je l'entends respirer. Les gardes, je m'en méfie.

HORN. — Ils ne l'ont pas vu entrer, ou ils se sont endormis. D'ailleurs, on ne les entend plus. Ils se sont endormis ; ils ne bougeront pas.

CAL. — Endormis ? Tu ne vois pas clair, vieux. Je les vois, moi. Ils sont tournés vers nous ; ils nous regardent. Ils ont leurs yeux à demi fermés mais je vois bien qu'ils ne dorment pas et qu'ils nous regardent. En voilà un qui vient de chasser un moustique avec le bras ; celui-là se gratte la jambe ; là, un qui vient de cracher par terre. Avec toute cette lumière, je ne peux absolument rien faire.

HORN (*après un temps*). — Il faudrait que le générateur ait une sorte de panne.

CAL. — Il faudrait, oui ; il le faut absolument. Sinon, je ne peux rien faire.

HORN. Non, le mieux, c'est d'attendre le matin : on enverra un appel radio et la camionnette à la ville. Allons, je vais mettre en place les mortiers.

CAL. — Les quoi ?

HORN. — Les porte-lances, les pots-à-feu : tout le matériel pour mon feu d'artifice.

CAL. — Mais le jour va se lever, Horn ! D'ailleurs, elle est enfermée dans le bungalow, elle ne voudra pas sortir pour regarder, elle n'a même pas voulu se laisser soigner ; si elle chope le tétanos, on l'aura sur les bras. Quelle drôle de femme, et maintenant elle a ces marques pour toute la vie ; pourtant, elle était mignonne. C'est drôle. Et toi... Mais qui voudrais-tu qui le regarde, vieux, ton feu d'artifice ?

HORN. – Moi, je le regarderai ; c'est pour moi que je le fais, je l'ai acheté pour moi.

CAL. – Et qu'est-ce que je dois faire, moi ? Restons ensemble, vieux ; il faut le niquer pour de bon, maintenant.

HORN. – Je te fais confiance. Sois prudent, et c'est tout.

CAL. – Sauf que je suis à froid, maintenant, alors je n'ai plus d'idée sur ce qu'il faut faire, moi.

HORN. – Une peau noire ressemble à une peau noire, non ? Le village réclame un corps ; il faut leur en donner un ; on n'aura pas de paix tant qu'on ne leur donnera pas un corps. Si on attend encore, le jour où ils nous enverront deux types pour réclamer, on ne pourra plus rien faire.

CAL. – Mais ils verront bien que ce n'est pas l'ouvrier. C'est qu'ils se reconnaissent, entre eux.

HORN. – On peut ne pas le reconnaître. Si on ne peut pas reconnaître la gueule, qui peut dire :

c'est lui, ou : c'est un autre ! La gueule, c'est à ça et à cela seulement qu'on reconnaît.

CAL (*après un temps*). – Sans fusil, moi, je ne peux rien faire ; je n'aime pas me battre et ils sont tous trop forts, ces salauds, avec leur karaté. Et avec un fusil, vieux, on verra bien la marque, un trou dans la gueule voilà la marque qu'ils verront et alors on a tous la police sur le dos.

HORN. – Donc, le mieux, c'est d'attendre le matin. Faisons tout dans les règles, mon gars, c'est ce qu'il y a de mieux. On parlera à la police et on arrangera au mieux, dans les règles.

CAL. – Horn, Horn, je l'entends, là, qui respire. Qu'est-ce que je peux faire, qu'est-ce que je dois faire, moi ? Je n'ai plus d'idées, moi. Ne me lâche pas.

HORN. – Un camion peut lui passer dessus. Qui peut dire : c'est un coup de fusil, ou : c'est un coup de la foudre, ou : c'est un camion, hein ? Un coup de fusil ne ressemble plus à rien si un camion a passé dessus après.

CAL. – Finalement, je vais me coucher. J'ai une tête comme ça.

HORN. – Imbécile.

CAL (*menaçant*). – Ne me traite pas d'imbécile, Horn, plus jamais d'imbécile.

HORN. – Cal, mon petit, tes nerfs ! (*Après un temps* :) Ce que je veux dire, c'est que celui-là, si on le laisse rentrer au village, ils reviendront à deux ou trois et va te débrouiller avec deux ou trois ! Tandis que, sinon, on fait porter demain son corps au village et on fait dire : c'est le gars que la foudre a touché, hier, sur le chantier et voyez, un camion lui a passé dessus. Après, tout rendre dans l'ordre.

CAL. — Mais ils nous demanderont des comptes pour celui-là, alors ; ils demanderont : où il est passé, celui-là ?

HORN. — Celui-là n'est pas un ouvrier, on n'a aucun compte à rendre pour celui-là ; jamais vu. On ne sait rien. Alors ?

CAL. — A froid, comme cela, c'est dur.

HORN. — Quand ils seront plusieurs et que les gardes, après, laisseront passer tout le monde, qu'est-ce qu'on fera, alors ? hein ?

CAL. — Je ne sais pas, moi, je ne sais pas ; dis-le-moi, vieux.

HORN. — Il vaut mieux exterminer le renard que de faire des sermons à la poule.

CAL. — Oui, patron.

HORN. — D'ailleurs, je l'ai ramolli. Il n'est plus dangereux, le gars. Il tient à peine debout ; il a bu comme un trou.

CAL. — Oui, patron.

HORN (*bas*). — Soigneusement, au milieu de la gueule.

CAL. — Oui.

HORN. – Et après, le camion, soigneusement.

CAL. – Oui.

HORN. – Et prudence, prudence, prudence.

CAL. – Oui, patron, oui patron.

HORN. – Cal, mon petit, j'ai décidé, vois-tu, de ne même pas rester jusqu'à la fin du chantier.

CAL. – Patron !

HORN. – Oui, mon petit, c'est comme cela ; j'en ai marre, vois-tu ; l'Afrique je n'y comprends plus rien ; il faut d'autres méthodes, sans doute, mais moi, je n'y comprends plus rien. Alors, quand il te faudra, toi, liquider les affaires, Cal, bon Dieu ; écoute-moi bien : ne cache rien à la direction, ne fais pas tes conneries, raconte tout, mets-les de ton côté. Ils peuvent tout comprendre, tout ; ils peuvent tout arranger, tout. La police, même, tu ne la connais pas : qu'ils s'adressent à l'entreprise. La direction de ton entreprise, c'est tout ce qui doit exister, pour toi, retiens toujours cela.

CAL. – Oui, patron.

HORN. – Dans deux heures, le jour sera levé ; je vais commencer mon feu.

CAL. – Et la femme, vieux ?

HORN. – Elle part tout à l'heure avec la camionnette. Je ne veux plus entendre parler de cela. Elle n'a jamais existé. On est tout seuls. Salut.

CAL. – Horn !

HORN. – Quoi ?

CAL. – Il y a trop de lumière, beaucoup trop de lumière.

Horn lève les yeux vers les miradors et les gardes immobiles.

XVIII

Devant la porte entrouverte du bungalow.

HORN (*parlant vers l'intérieur*). – Dans quelques heures, une camionnette partira à la ville, porter des documents ; elle klaxonnera ; soyez prête ; c'est un excellent chauffeur. En attendant, il serait dangereux de sortir ; enfermez-vous dans votre chambre et ne bougez pas, quoi que vous entendiez, jusqu'au klaxon de la camionnette. Quand vous partirez, je serai déjà au travail, alors donc : salut. Voyez un médecin, à votre arrivée ; je souhaite qu'il vous répare tout cela, oui, peut-être qu'un bon médecin pourra vous rendre à nouveau présentable et réparer cela. A votre retour, aussi, je vous demande de ne pas trop parler. Pensez ce que vous voulez, mais ne faites pas de mal à l'entreprise. Elle vous a malgré tout donné l'hospitalité ; ne l'oubliez pas ; ne lui nuisez pas : elle n'est en rien responsable de ce qui vous est arrivé. Cela, je vous le demande comme... comme une faveur. Je lui ai tout donné, moi, tout ; elle est tout, pour moi, tout ; pensez de moi ce que vous voulez, mais à elle, ne lui nuisez pas, car alors ce serait de ma faute oui, de ma propre faute. C'est une faveur que vous pouvez bien me faire ; car c'est avec un billet d'avion payé par mon argent que vous rentrez ; vous avez accepté le billet d'aller ; maintenant, il vous faut bien accepter le retour. Donc, eh bien... Salut. Je ne vous verrai plus ; on ne se verra plus. Non. (*Il sort.*)

Léone apparaît, sur le pas de la porte, ses valises à la main. Son visage saigne encore. Brusquement, la lumière s'éteint quelques secondes, puis on entend le générateur qui se remet en marche.
Cal apparaît ; Léone se cache le visage derrière son bras, et demeure ainsi pendant tout le temps qu'il la regarde.

XIX

La lumière a encore quelques ratés, qui interrompent de temps à autre Cal.

CAL. – Ne t'inquiète pas, ne t'inquiète pas, bébé, c'est le générateur. Ces gros engins ne sont pas faciles à manier ; on dirait bien qu'il va avoir une panne, ce sont des choses qui arrivent, Horn doit être en train de s'en occuper, ne t'inquiète pas. (*Il s'approche d'elle.*) Je me suis lavé. (*Il flaire.*) Je crois que je ne sens plus. J'ai mis de l'after-shave. Est-ce que je sens encore ? (*Un temps.*) Pauvre bébé ; retrouver du travail, maintenant, ce ne sera pas facile, hein, j'imagine bien ; surtout à Paris ; la vache. (*Un temps.*) Il doit neiger, à Paris, maintenant, non ? Tu as bien raison de rentrer ; d'ailleurs, je le savais ; je savais d'ailleurs qu'il finirait par te dégoûter. Moi, je ne comprends toujours pas ce que tu lui as trouvé, à Horn. Quand je t'ai vue, de loin, débarquer, rouge, mais rouge ! avec cette élégance, ce chic des Parisiennes, ce côté dernier cri, si fragile ! et que je te vois maintenant... Horn, quel con ! On ne doit pas montrer les caves et les égouts aux petits enfants, non ; il aurait dû savoir cela. On doit les laisser jouer sur la terrasse et dans le jardin, et leur interdire l'entrée des caves. Pourtant, quand même, oui, bébé : à nous qui travaillons ici, toi, tu nous as apporté un peu d'humanité. Finalement, oui, je le comprends, vieil Horn, vieux rêveur ! (*Il lui prend la main.*) En tous les cas, moi, je suis content de t'avoir connue, bébé, je suis content que tu sois venue. Sûrement que tu me juges mal, bébé ; sûrement, je ne me fais pas d'idée. Mais qu'est-ce que cela me fait, ton jugement, puisque tu rentres à Paris, qu'on ne se verra plus ? Sûrement que tu parleras mal de moi à tes amies, pendant quelque temps, et sûrement que, tant que tu te souviendras de moi, ce sera en mal et à la fin, tu ne t'en souviendras plus du tout. Mais en tous les cas, moi, j'étais content d'échanger avec toi. (*Il lui baise la main.*) Maintenant, quand est-ce qu'on reverra une femme, une vraie femme comme toi, bébé ? S'amuser avec une femme, quand ? quand reverrai-je une femme au fond de ce trou ? Je perds ma vie, au fond de ce trou ; je perds ce qui, ailleurs, seraient les meilleures années. A être seul, toujours seul, on finit par ne plus savoir son âge ; alors de te voir, je me suis souvenu du mien. Il va falloir que je l'oublie de nouveau. Et qu'est-ce que je suis, ici, qu'est-ce que je continue à être ? rien. Tout cela pour l'argent, bébé ; l'argent nous prend tout, même le souvenir de notre âge. Regarde cela. (*Il montre ses mains.*) Est-ce qu'on dirait encore des mains d'homme jeune ? est-ce que tu as déjà vu des mains d'ingénieur, en France ? Mais, sans argent, à quoi ça nous servirait, d'être jeune, hein ? Finalement, je me demande, pourquoi, oui, pourquoi je vis. (*La lumière s'éteint, définitivement, cette fois.*) Ne t'inquiète pas ; ce n'est qu'une panne ; ne bouge pas. Moi, je dois m'en aller ;

adieu, bébé. (*Après un temps* :) Ne m'oublie pas, ne m'oublie pas.

XX

DERNIÈRES VISIONS D'UN LOINTAIN ENCLOS

Une première gerbe lumineuse explose silencieusement et brièvement sur le ciel au-dessus des bougainvillées.
Eclat bleu d'un canon de fusil. Bruit mat d'une course, pieds nus, sur la pierre. Râle de chien. Lueurs de lampe-torche. Petit air sifflé. Bruit d'un fusil qu'on arme. Souffle frais du vent.
L'horizon se couvre d'un immense soleil de couleurs qui retombe, avec un bruit doux, étouffé, en flammèches sur la cité.
Soudain, la voix d'Alboury : du noir jaillit un appel, guerrier et secret, qui tourne, porté par le vent, et s'élève du massif d'arbres jusqu'aux barbelés et des barbelés aux miradors.
Eclairée aux lueurs intermittentes du feu d'artifice, accompagnée de détonations sourdes, l'approche de Cal vers la silhouette immobile d'Alboury. Cal pointe son fusil haut, vers la tête ; la sueur coule

sur son front et ses joues ; ses yeux sont injectés de sang.
Alors s'établit, au cœur des périodes noires entre les explosions, un dialogue inintelligible entre Alboury et les hauteurs de tous côtés. Conversation tranquille, indifférente ; questions et réponses brèves ; rires ; langage indéchiffrable qui résonne et s'amplifie, tourbillonne le long des barbelés et de haut en bas, emplit l'espace tout entier, règne sur l'obscurité et résonne encore sur toute la cité pétrifiée, dans une ultime série d'étincelles et de soleils qui explosent.
Cal est d'abord touché au bras ; il lâche son fusil. En haut d'un mirador, un garde abaisse son arme ; d'un autre côté, un autre garde lève la sienne. Cal est touché au ventre, puis à la tête ; il tombe. Alboury a disparu. Noir.

Le jour se lève, doucement. Cris d'éperviers dans le ciel. A la surface d'égouts à ciel ouvert, des bouteilles de whisky vides se heurtent. Klaxon d'une camionnette. Les fleurs de bougainvillées balancent ; toutes reflètent l'aube.

LÉONE (*très loin, et l'on entend à peine sa voix, couverte par les bruits du jour ; elle se penche vers le chauffeur*. – Haben Sie eine Sicherheitsnadel ? mein Kleid geht auf. Mein Gott, wenn Sie keine bei sich haben, muss ich ganz nackt. (*Elle rit, monte dans la camionnette*), toute nue! nach Paris zurück. (*La camionnette s'éloigne.*)

Auprès du cadavre de Cal. Sa tête éclatée est surmontée du cadavre d'un chiot blanc qui montre les dents. Horn ramasse le fusil tombé à terre, s'éponge le front et lève les yeux vers les miradors déserts.

Carnets
de
combat de nègre
et de chiens

Comment Alboury affronta le premier chien.

Je pensais : vais-je avoir peur d'un chien ? Dans la nuit, il faisait une petite tache blanche qui courait vers moi et vers toi, Nouofia, en aboyant comme tous les diables. Tantôt sa voix me semblait terrible comme celle d'un tigre, tantôt fluette comme celle d'une souris, et je ne pouvais pas dire : il est gros, il faut que je m'enfuie, ni : il est si petit qu'un coup de pied l'enverra tout de suite rejoindre ses ancêtres. D'ailleurs, un petit chien peut avoir une voix terrible, et un gros une voix fluette. Mais la petite tache blanche courait toujours, et je ne savais toujours pas choisir entre fuir ou l'affronter ; je restais à regarder, je restais à penser, car le vent s'était levé à nouveau et j'étais avec toi, Nouofia, dans mon âme. Alors il fut trop tard pour fuir, et je connus enfin la taille et la force de mon ennemi.

Quand il a été en face de moi, que son souffle, à mon oreille, si rapide et si bref, eut contrarié le long souffle du vent, quand on s'est mesuré, enfin, du regard, j'ai constaté alors qu'il était petit, petit comme un scorpion, la tache blanche n'avait pas

grandi depuis l'horizon où je la voyais courir vers nous. Il avait tant de sang dans les yeux, et son souffle allait si vite que l'envie me quitta de l'envoyer valser avec mon pied dans le domaine minuscule de ses minuscules ancêtres ; il me donnait envie de rire, car il ne lui restait plus un poil assis et je lui ai demandé : est-ce ainsi que tu bandes, toubab ? Mais il allait se jeter sur moi et j'ai eu à peine le temps de penser : va-t-il mordre mon gros orteil où choisira-t-il la cuisse ? J'ai pensé : où vas-tu terminer ta vie, petit chiot ? Pourtant, j'ai méprisé à tort la force de ses jambes et de sa méchanceté, car d'un bond il s'est jeté jusqu'à ma tête, et c'est ma tête qu'il a mordue et griffée de ses crocs et de ses ongles ; il en aspirait le sang et fouillait, enfonçait si profondément sa gueule et ses pattes dans les cheveux et le cuir et les os de ma tête que j'ai eu beaucoup de mal à l'arracher, avant de l'écraser comme une puce qu'on a longtemps cherchée.
Et c'est alors que je l'ai montré, Nouofia, mon âme, père, frère et fils de ma race. J'ai tendu ma main vers toi et tu peux voir maintenant dans ma main ce premier cadavre ; car à toi, Nouofia, conçu dans le désert et mort dans le désert, j'en apporterai un second, et d'autres encore ; car aux morts de ma race appartient la mort du toubab et de tout ce qui est à lui, ses femmes, ses larbins, ses propriétés et ses chiens, Xac bi déllul si xac yi !

MON ENTREPRISE, PAR HORN.
Ma vraie famille, s'il en faut une, c'est elle. Bonne vieille maison, depuis le temps que je travaille pour elle, bon Dieu, comme elle me connaît, maintenant ! Tandis que moi, je n'ai pas fini de la connaître encore. Pourtant, je sais qu'en cas de pépin, elle est là, il faudrait que vous voyiez cela. Je ne sais pas, d'ailleurs, comment ils font : bon Dieu, étalée comme elle l'est sur le monde entier, avec des chantiers partout, en Afrique, en Asie, au Moyen-Orient, en Amérique, avec combien de milliers d'hommes qui travaillent pour elle ? Eh bien, c'est toujours comme si on était le seul dont elle ait à s'occuper. Quelles têtes il doit y avoir, là-haut, quelle tête, bon Dieu ! Je ne voudrais pas savoir qui dirige tout cela, non. Je préfère en voir de petits bouts, ici ou ailleurs, morceau par morceau. Mais la tête, la vraie, celle qui dirige tout — à Paris peut-être, allez donc le savoir — je préfère ne pas avoir à faire à elle. Car, si elle veut cogner, elle doit cogner dur, bon Dieu. Parfois j'y pense ; pas souvent mais parfois. Je me dis qu'une tête comme celle-là, eh bien... Je n'ai pas peur des hommes, je n'ai pas peur des émeutes, pas peur des grandes gueules, pas peur des armes, pas peur des bêtes sauvages ; même de la guerre, je m'en fous : on est bien tous sur le même plancher, à la guerre, tu as ta chance comme les autres. Mais quelle chance tu peux avoir contre une tête qui a,

d'un bout du monde à l'autre, mille chantiers dans la tête, avec chaque fois chaque machine, chaque camion, chaque centime, chaque homme comme si tu étais le seul, et jusqu'à la bouteille de whisky qui est là et dont elle sait qu'elle est la, jusqu'à la cigarette que je fume et qu'elle sait que je fume. De cela, c'est bien la seule chose, si j'y pense, parfois... oui, cela pourrait bien me faire peur, bon Dieu.

HORN ET LES OUVRIERS.
Croyez-moi, monsieur Alboury, les bourgeois, je n'ai jamais aimé cela. Comme vous me voyez, monsieur, moi, je suis un prolo, un vrai, plus que vous sans doute, car je n'ai pas de famille, moi, et dès l'enfance j'ai travaillé. Comment aimerais-je les bourgeois ? Un à un ou tous ensemble ; sur ce point, vous pouvez me faire confiance. Cependant, pour ce qui est des prolos, c'est pareil, je ne les aime pas non plus — un à un, je veux dire. Ce qui signifie que finalement, séparément, je n'aime personne. J'en ai connu assez, des gens ; et un prolo, ça pue, c'est tout ce que je sais ; et ça, blanc ou noir ou vieux ou jeune, je ne fais pas de différence. J'ai le droit de dire cela j'en étais un, et un vrai. Ça pue et je n'aime pas cette odeur, même si c'est la mienne. Je préfère l'odeur des machines ou de la graisse de moteur. Des prolos, j'en ai connu plus que mon compte, mais pour pas un je ne donnerais un sou, non, et pourtant, cela ne

m'a jamais empêché de me battre contre le bourgeois et d'être syndiqué, mais je crache sur le prolo. A l'entrée à l'usine, le gars de seize ans... savez-vous, moi, ce qu'on m'a fait faire, à seize ans ? Pendant les trois premiers mois, on me donnait une pièce de fonte, épaisse comme ça, monsieur Alboury, avez-vous déjà travaillé la fonte ? On me disait : tu aplatis. Pas le patron, qui me le disait, hein ! pas le bourgeois ; lui, il n'a rien à foutre de cela. Non, c'est un prolo qui me disait cela : tu aplatis, gars. Et quand j'avais bien tapé, bien sué, qu'elle était plate comme cela, fine comme mon doigt... on la jetait à la ferraille, monsieur, et on m'en donnait une autre et tu fermes ta gueule. Tout cela pour quoi ? Pour casser l'ouvrier ; c'est ainsi qu'ils parlent oui : casser. Les ouvriers se cassent ainsi entre eux afin de se ressembler. Un prolo tout seul est aussi vicieux qu'un patron ; avec la richesse en moins, c'est encore plus écœurant ; surtout, plus impardonnable, monsieur.

SÉPULTURES D'OUVRIERS.

Les femmes couvrent en cachette les corps des ouvriers morts, de branches et de palmes, pour les protéger du soleil et des vautours. Dans la journée, dans l'activité du chantier, les camions passent dessus, et la nuit venue, les femmes reviennent poser de nouvelles branches. Au bout de quelques jours et de quelques nuits, il se forme de petits monticules de branchages et de chair mêlés, qui se fondent progressivement à la terre.

LÉONE :
A son arrivée, en descendant de l'avion ; tandis que sur son visage se déposent des filaments de toiles d'araignée et, sur ses épaules, une chaleur épaisse comme de la boue ; apercevant le ciel sans soleil et sans nuages, un vol tournoyant d'aigles ; apercevant sur une rivière un groupe d'éperviers noirs perchés sur un corps gonflé, obèse, déjà blanc de décomposition, qui flotte doucement — étouffant un petit cri, une main sur la bouche :

Quel petit grain de sable on est, ouh !

LÉONE VOIT QUELQU'UN SOUS LA BOUGAINVILLÉE.
Il me vient un projet, pour vous, mais fragile ! ne bougez pas, laissez-vous faire, j'ai déjà tout dans l'œil. Je prends sans déranger toutes les mesures, je couds à toute allure, je brode vite. Ce Noir, je veux le vêtir, cette ombre, je veux l'éclairer ; donnez-moi seulement une seconde votre immobilité. Je voudrais assembler ces petits bouts de mauve, turquoise, parme, ces petites fleurs carmin, cinabre, vermillon, et tout coudre à la main. Je couperais en forme, emmanchures biaisées, ajusté sur les han-

ches ; du col jusqu'à la taille, je te surfile tout, je frange, je t'ajoure ; je te couvre le dos de nids d'abeille, les épaules au point d'araignée, ton cou au point coulé ; je te drape en point de diable ; je veux t'envelopper de mes frivolités et de broderies gansées ; je veux te recouvrir, décorer, surcharger. Noir, ô plus belle des couleurs, si tu me laisses faire, sur ta poitrine, sur une pochette orseille ourletée au point d'épine, sans te déranger, doucement, par amour, je brodrai ton nom, ton nom, en point de fil d'or couché sur terre d'ombre !

MÈRE DENOUOFIA.

La mère de Nouofia, lorsqu'on l'eut prévenue de la mort de son fils sur le chantier des Blancs, décida malgré les avertissements qu'on lui donnait de se risquer jusqu'à là-bas, afin de poser des branches sur le corps pour le protéger des oiseaux. Cependant, par précaution, elle se couvrit le visage de peinture blanche afin que la mort, qui rôdait pas là-bas, ne la reconnût pas pour ce qu'elle était.

CAL, SONGERIES D'UN INGÉNIEUR INSOMNIAQUE.

Il y a trop de nuits, une par vingt-quatre heures, quoi qu'on fasse ; et trop longues, bien trop longues, avec tout ce qui y bouge et qui n'a pas de nom, qui y vit à l'aise comme nous le jour, dans notre élément naturel, eux c'est la nuit, cachés derrière les arbres, le long des murs, cachés couchés dans l'herbe, tout en haut des palmiers, et, les nuits sans lune, cachés derrière le long en haut de dedans rien du tout, la nuit suffit. Or qui sait le nombre et la taille, l'intention et le but de ce qui, dans la nuit, bouge ou est immobile, mais vit dans son élément naturel ? C'est donc de jour qu'il faut guetter, poursuivre, attraper, tuer, massacrer, exterminer, réduire en poudre tout ce qu'on peut reconnaître comme étant une menace possible.

Attrape en plein midi un boubou et coupe-le en quatre avec une bonne machette, et chaque morceau en quatre, ce qui fait seize morceaux ; et chacun des seize morceaux, avant qu'il ne fasse nuit, pendant qu'ils sont tranquilles, en quatre encore une fois, ce qui fera soixante-quatre morceaux de boubou inoffensifs, et chaque morceau encore coupe-le bien en quatre et en quatre et en quatre, et encore une fois jusqu'à obtenir seize mille trois cent quatre-vingt-quatre petits morceaux tout noirs, minuscules et tranquilles ; puis, divisant la terre en autant de parties, enterre dans chacune, bien profond, chaque petit bout nègre. Pourrais-je alors songer à dormir enfin ?

Ce que je crois, c'est que, de chacune des seize mille trois cent quatre-vingt-quatre parties – quatre à la puissance sept – du monde endormi, renaîtra un

nouveau boubou entier, immense, et fort, le salaud ! et plus inquiétant encore ; car je crois que c'est ainsi qu'ils se reproduisent.
Quand pourrai-je dormir sans aucune inquiétude ni cauchemar ?

LÉONE :
A son arrivée, dans la voiture venue la chercher à l'aéroport ; regardant au passage les Africains au bord de la route, dans les marchés, assis devant les maisons ; les Africains affairés, somnolents, coléreux, hilares ; tandis qu'à ses côtés Horn s'éponge le front :

C'est fou ce qu'un brin de soleil, ça vous arrange un homme !

LE CHANTIER, À LA LUEUR D'ÉCLAIRS.
Sur un terrain à l'infini, retourné – où les plantes sortent leurs racines vers le ciel et enterrent profondément leurs feuillages –, un petit chiot blanc, paniqué, couraille entre les pattes d'un buffle énorme, qui souffle et piétine, au milieu d'effervescences de boue fumante qui font des bulles entre les mottes de terre.

MÉPRIS DE L'ARGENT DE LA PART DES ANCIENS COLONS, SELON HORN.
Les copains, les vieux, eux, ils faisaient bien de l'argent ce qu'il fallait en faire, bon Dieu ; ils savaient dépenser, eux ! Je m'en souviens d'un, fin rond, au cabaret en ville, qui veut acheter le piano ; il allonge l'argent ; mais comme la porte était trop petite et qu'il ne pouvait pas passer, il le fait scier en deux, sort tous les morceaux et les fout à la mer. Ou cet autre que sa femme trompait et qui elle, aimait le beau linge ; voilà qu'il va acheter tout le linge de bonne femme au seul marchand qui passe, tous les six mois ; il en fait un gros tas et le brûle sur la place ; habille-toi comme tu peux, maintenant. Je me souviens aussi d'un autre qui, pendant quatre bons mois par an, se saoulait la gueule et saoulait à ses frais qui voulait, jusqu'à claquer tout son fric. A la fin, lui-même a claqué, car il gagnait trop. Voilà, oui, voilà seulement ce à quoi l'argent mérite d'être utilisé.

LE RÊVE DE MAISON DE CAMPAGNE DES COLONS, SELON HORN.
Tous, ils rêvent de la France, mais tous restent. Tous parlent de maison dans la campagne française, et ils en font les plans pendant des années, mais vous vous y mettriez à deux, ils ne bougeraient pas d'ici. Ils gueulent, ils gueulent bien sûr ; mais je sais une chose, moi : c'est que là où il y a du pognon, aucun

coup de pied au cul ne bougera quelqu'un qu'est dans la place et qui y a goûté. Et en Afrique, le pognon, il y en a. Alors, de leur campagne, de leur France, moi, je n'ai jamais reçu aucune carte postale d'aucun de ces rêveurs !

CAL : UN CAUCHEMAR DE PLUS.

Ici, le sexe prend toute la place ; en Afrique, tout est absolument concentré dans les organes de reproduction. Regarde les noyaux d'avocat, regarde tous les fruits, les plantes ; c'est terrible ; moi, je trouve cela inquiétant.

Lorsque je me suis approché du cadavre, alors, je l'ai bien regardé ; et j'ai vu que mort, bien mort, même mort, ce salaud bandait encore !

LIEUX COMMUNS SUR LA FAIM.

HORN

Un nègre n'a jamais faim et n'est jamais rassasié ; il pourra manger beaucoup ou très peu, à n'importe quelle heure du jour ou de la nuit, ou se passer de manger très longtemps. Il ne faut pas se faire une opinion selon nos habitudes de manger européennes ; un nègre ne ressent pas la faim ni la satisfaction comme un Européen ; il mange ce qu'il y a quand il y a. Et je vous promets que la moindre parcelle de ce qu'il ingurgite lui profite.

CAL

Faim, un boubou ? Mais regardez-les donc : ils sont tous deux fois plus grands et plus forts que nous !

A QUOI PENSENT LES FEMMES ? SE DEMANDE LÉONE.

Lorsque je regarde un Blanc et un Noir, un homme ou une femme, un riche et un pauvre, je dis : à quoi pensent les femmes ? Car il s'est bien trouvé une femme pour donner la mamelle et écouter brailler l'un et l'autre sans écraser ça d'un bon coup de talon. Or elles savent bien, les chipies, que faisant l'un ou l'autre, il n'y a pas d'issue : elles feront un cogneur ou un cogné ; lequel vaut mieux que l'autre, pourront-elles me le dire ? Pourtant elles continuent à fabriquer de cela en veux-tu en voilà, sachant très bien, les sottes, qu'elles nourrissent des cogneurs qui les cogneront elles-mêmes en tout premier, ou qu'elles les font grandir pour qu'ils soient mieux cognés ! Ne me parlez pas non plus des combinaisons possibles, des métissages blanc et femme, nègre et riche, blanc et pauvre, nègre et mâle, ils ne valent pas mieux, oh non, c'est : moitié cogneur moitié cogné, ils passent toute leur vie coupés en deux à se cogner eux-mêmes jusqu'à ce qu'il n'en reste plus rien. Quant à celles qui tirent le gros lot et fabriquent sans frémir un Blanc, mâle, et riche par-dessus le marché ! ou bien ces autres-là qui soignent et dorlotent cette chose pas possible : femme, noire, pauvre comme une souris d'église, mais à quoi pensent-elles donc ? Ce sont elles, je le dis, qu'on devrait écraser d'un bon coup de talon.

A PROPOS DES AFRICAINS, PAR HORN.
Qui gagnera l'Afrique, finalement, des Russes ou des Américains ? Personne ne le sait, mais qui s'y intéresse ? Certainement pas les Africains, non, certainement pas. Et ils ont bien raison. Les Africains ont l'esprit sain, le crâne vierge, tout ce qui nous manque. Je m'explique : qu'est-ce qui les fait rigoler, eux, et qu'est-ce qui nous fait rigoler, nous ? Car à mon avis, c'est ce pourquoi on rigole qui permet de mesurer l'état de santé de l'esprit. Or, en Europe, que vous faut-il, pour vous faire sourire ? Des jeux de mots, des allusions, des références, des choses très compliquées que je ne suis plus très sûr de comprendre, moi-même... Alors que les Africains, eux : il suffit qu'il se mette à pleuvoir, trois gouttes sur leurs épaules, et ils se mettent à rire, comme des tordus ; le chatouillement, et puis voilà. Et s'il pleut à torrent, ils se roulent par terre, ils n'en peuvent plus. Voilà ce que j'appelle un esprit clair, sain ; vierge. A Paris, quand il pleut, hein... Moi du moins, j'ai déjà appris d'eux ces plaisirs-là. Mon plaisir à moi, c'est de les regarder, le matin, au bord de la rivière, se laver ; lorsqu'ils sont savonnés, des cheveux aux pieds, blancs et pleins de bulles, ils plongent dans l'eau, et...

voir l'eau qui les rince, les voir ressortir, les voir tant rigoler, moi non plus, je ne peux pas m'empêcher de rire et d'y trouver du plaisir ; et je me dis : qui gagnera, qui perdra l'Afrique ? Personne ne le sait. Mais eux, ils ne souffriront pas jamais. Ils continueront à rigoler, à rester accroupis, sous le soleil, à attendre. Moi, j'ai appris aussi d'eux le plaisir de rester des heures à ne rien faire, à ne penser à rien, les yeux dans le vague...

LÉONE, UNE IDÉE DES VIES SUCCESSIVES.

Ce que je crois, moi, c'est qu'à la première vie, on doit être un homme comme ce Cal, l'horrible type ; ces hommes-là comprennent si peu de choses, ils sont si bêtes, oh, si bouchés, il faut bien qu'ils en soient à leur toute première vie, les bandits ! Je crois que c'est seulement après beaucoup de vies d'homme, ridicules et bornées, brutales et braillardes comme sont les vies des hommes, que peut naître une femme. Et seulement, oui seulement après beaucoup de vies de femme, beaucoup d'aventures inutiles, beaucoup de rêves irréalisés, beaucoup de petites morts, alors seulement, alors peut naître un nègre, dans le sang duquel coulent plus de vies et plus de morts, plus de brutalités et d'échecs, plus de larmes que dans aucun autre sang. Et moi, combien de fois devrai-je mourir encore,

combien de souvenirs et d'expériences inutiles devront encore s'entasser en moi ?
Il y a bien une vie que je finirai par vivre pour de bon, non ?

LES ÉTATS D'ÂME DE CAL.
Cal ne souffre jamais ni ne se sent jamais heureux. Cependant, tantôt devant lui s'étend un paysage calme, doux, paisible, tantôt l'univers lui paraît une suite de terres désolées soumises aux attaques de la chaleur et de hideuses tempêtes.

VISION DE L'AUBE.
Au-dessus de la cité et du village, un brouillard lourd et coloré, produit par l'évaporation des rêves de toute une nuit qui se mélangent au-dessus des toits, par l'alcool et les ressentiments, cuits et volatilisés, à travers les pores de la peau et les respirations des gens endormis, par la chaleur des hommes.

CAL :
Si légers qu'on dirait deux traces de doigt salis, deux plis partent de l'extrémité extérieure de chaque œil jusqu'au creux de la joue ; puis, très profondément, presque une fossette, verticale, du côté droit, près des lèvres, une ride.

En son for intérieur : un grand oiseau vert au-dessus

de la prairie, avec, dans ses serres, un chiot aux yeux de femme, et son halètement tout près de l'oreille.

LÉONE :
Une autour de chaque œil, deux rides seulement, deux cercles égaux, parfaits.

En son for intérieur : de l'âge où il est difficile de dire si c'est un garçon ou une fille, un enfant, couché dans l'herbe, portant sur le visage et dans chaque recoin du corps une tristesse bien plus ancienne que lui.

HORN :
Aux arbres on lit leur âge, au moment de la coupe ; à lui aussi, en comptant autour de ses yeux et de sa bouche ses rides lentement déposées, en alluvions.

En son for intérieur : une vieille femme inconnue, toute habillée de noir, le visage dans l'ombre, qui vient régulièrement, chaque soir, s'asseoir à côté de lui, jusqu'au matin, sans un mot, sans un bruit ; il ne la connaît pas, il pourrait le jurer.

CET OUVRAGE A ÉTÉ ACHEVÉ D'IMPRIMER LE VINGT-SEPT NOVEMBRE MIL NEUF CENT QUATRE-VINGT-NEUF DANS LES ATELIERS DE NORMANDIE IMPRESSION S.A. À ALENÇON (ORNE) ET INSCRIT DANS LES REGISTRES DE L'ÉDITEUR SOUS LE N° 2445

Dépôt légal : novembre 1989